MEURTRE EN HAUTE COUTURE

LEE STRAUSS

Traduit de l'anglais (États-Unis)
par Karine Xaragai

City
Roman

Publié pour la première fois aux États-Unis par La Plume Press
sous le titre *Murder at Feathers & Flair*.
Couverture : © La Plume Press

ISBN : 978-2-8246-2007-7
Code Hachette : 32 0950 8

Collection dirigée par Christian English & Frédéric Thibaud
Catalogues et manuscrits : city-editions.com

Dépôt légal : Mars 2022

I

— Vous êtes un voleur !

Le voleur s'avança :

— Parfaitement. Et vous, madame, qui êtes-vous ? La maîtresse de maison, je suppose. Ou bien une voleuse aussi ?

D'une main gantée de blanc, Ginger Gold orienta le programme vers la lumière tamisée de l'Abbott Theater, un vieil édifice situé dans Shaftesbury Avenue.

Le voleur était interprété par Angus Green, un grand et bel homme rayonnant de confiance en lui. Toutefois, réfléchit Ginger, cet aplomb ne devait pas lui venir uniquement de son expérience de comédien. D'abord parce qu'il était jeune, ensuite parce que la détermination qui l'animait semblait être dans son caractère. Sans doute un nouveau venu au théâtre, estima Ginger – c'était la première fois qu'elle voyait son nom.

La pièce en un acte, œuvre d'un certain Stuart Walker, s'intitulait *Simulacre* ; Felicia, la belle-sœur de Ginger, avait décroché le rôle de Clara, le personnage principal.

— Qu'avez-vous dérobé ? s'indigna cette dernière avec la véhémence qui convenait. Rendez-moi cela à l'instant ! Comment osez-vous ?

Elle fit signe à l'autre comédien qui se tenait près d'elle.

— Charles, reprenez-le-lui !

Dans la salle, Haley Higgins, l'amie américaine qu'hébergeait Ginger le temps de ses études de médecine, se pencha vers elle.

— Felicia a du cran, murmura-t-elle avec son accent bostonien.

Ginger ne pouvait qu'être d'accord avec cette affirmation. Du cran, Felicia en avait, à la scène comme à la ville.

D'après le programme, le personnage de Charles était joué par le dénommé Geordie Atkins. Blond, plus petit et plus corpulent que le séduisant voleur, il était aussi nettement plus âgé au vu de son front dégarni.

L'air mi-figue mi-raisin, il répliqua :

— Si je puis me permettre, mon vieux, vous feriez mieux de débarrasser le plancher.

Ambrosia, la lady douairière Gold et belle-grand-mère de Ginger, n'avait jamais approuvé le penchant de sa petite-fille pour le théâtre. « Un ramassis de nigauds qui cherchent à fuir leurs responsabilités », affirmait-elle. Néanmoins, dans la lumière de la scène qui montait jusqu'à leurs places au balcon, Ginger distinguait le visage de la vieille dame : son sourire et son regard brillant trahissaient sa fierté.

La pièce ne comptait que quatre personnages, le quatrième étant un journaliste qui n'entrait que vers la fin. C'était un homme d'une petite trentaine d'années, arborant moustache et lunettes. Pour les besoins du rôle, il portait un feutre mou et un pardessus trop large pour ses épaules tombantes. Ginger consulta son programme : Matthew Haines. Depuis que Felicia faisait partie de cette troupe de théâtre, elle lui parlait souvent de ses camarades et Ginger était contente de pouvoir enfin mettre un visage sur ces noms.

La pièce s'acheva sur un savoureux rebondissement, le personnage de Felicia réussissant à prendre l'escroc à son propre piège. Le rideau tomba et Ginger se leva d'un bond pour applaudir.

— Bravo ! Bravo !

Les comédiens attendaient dans le foyer du théâtre pour saluer un public hélas bien trop clairsemé. Bon nombre de places numérotées étaient restées vides. Dommage, déplora Ginger, pour ce charmant spectacle qui aurait mérité mieux.

— Felicia, ma chérie ! s'écria-t-elle en serrant sa belle-sœur dans ses bras. Vous avez été absolument magnifique !

Felicia avait troqué son costume de scène contre une robe du soir en mousseline de soie, une création Jean Patou de chez Plumes & Styles. La robe se composait d'une superposition de trois nuances de rose, ceinte d'une large écharpe fluide au niveau des hanches. Le carré châtain de Felicia, cranté au fer plat, était rehaussé d'un diadème de pierres précieuses. Sa bouche en forme de cerise était assortie au rose de sa robe. Elle pouvait rivaliser avec n'importe quelle vedette de cinéma, songea Ginger.

— Merci ! répondit Felicia, enchantée. Je suis si contente que vous soyez venue ce soir.

Ginger ramena derrière son oreille une mèche folle échappée de son carré roux, faisant délicatement osciller ses pendants en émeraudes et diamants de chez Cartier, assortis au vert de ses yeux.

— Mais pour rien au monde je n'aurais manqué votre pièce !

Ambrosia se laissa brièvement étreindre par Felicia avant de reconnaître à contrecœur :

— C'était mieux que ce à quoi je m'attendais, ma fille. En tout cas, j'espère que cette expérience vous aura guérie une bonne fois pour toutes de cette folie.

Le sourire de Felicia illumina le foyer du théâtre.

— Oh, grand-mère ! Ce soir, je suis si heureuse que rien ni personne ne pourra gâcher ma joie, même pas vous.

Haley gratifia la jeune fille d'une solide poignée de main.

— Beau travail, Felicia. Une vraie réussite.

La jeune fille leur présenta ensuite ses camarades de planches, M. Geordie Atkins et M. Matthew Haines, mais ses yeux et son sourire restaient rivés au comédien qui incarnait le voleur.

— Et voici M. Angus Green.

Angus serra la main de ces dames avec effusion, usant de son charme sur Ambrosia et couvrant Ginger de louanges.

— C'est un tel honneur pour moi de vous rencontrer, lady Gold. Felicia m'a tellement vanté vos accomplissements !

Ginger haussa un sourcil étonné.

— Vraiment, monsieur Green ?

— Assurément. Il paraît que vous avez monté votre propre affaire ! Tout à fait judicieux de votre part. Et il se dit également qu'un gala fort prestigieux se prépare…

Ginger se mit à rire.

— La rumeur dit vrai. Serez-vous des nôtres ?

Angus Green tourna son regard brun vers Felicia.

— Si l'on m'invite…

Felicia s'épanouit et entrelaça ses doigts avec ceux du comédien.

— Vous savez bien que je vous ai déjà invité, grand bêta !

Les deux jeunes gens éclatèrent de rire et Ginger et Haley échangèrent un regard. De toute évidence, Felicia était éprise de son partenaire.

Ambrosia, que contrariait ce genre de démonstrations en public, se mit à marteler de sa canne la moquette bordeaux du foyer. Croisant le regard noir de la vieille dame, Felicia eut le bon sens de retirer sa main de celle de M. Green.

— Avançons, grand-mère, suggéra Ginger avant que la situation tourne au vinaigre. Nous bloquons le passage vers la sortie.

Le lendemain, Ginger se fit conduire à sa boutique de Regent Street par Clément, son chauffeur, un homme d'un certain âge, calme et sociable, natif du Yorkshire. La vieille Daimler TE30 de 1913 était en grande forme, n'ayant guère roulé durant les dix dernières années.

D'habitude, Ginger préférait être au volant, mais en la déposant juste devant la boutique, Clément lui épargnait le souci de trouver à se garer et l'inconfort de devoir éviter les flaques sur la chaussée. Boss, son terrier noir et blanc, était, lui, tout content qu'elle ait choisi de ne pas conduire. Couché sur les genoux de sa maîtresse, il attendait avec impatience d'arriver à destination. Clément arrêta l'automobile juste devant l'entrée de Plumes & Styles de façon que Ginger n'ait qu'à poser le pied sur le trottoir.

— Merci, Clément, dit-elle en ouvrant la portière.

— De rien, madame. Quand dois-je venir vous chercher ?

— Ma foi, je n'en sais trop rien. Je vous téléphonerai.

— Bien, madame.

La Daimler repartit en toussotant et Ginger avança jusqu'à sa boutique, tête baissée face au vent, une main sous Boss, l'autre sur son chapeau qui menaçait de s'envoler.

Une petite file de personnes encombrait l'entrée.

— Veuillez m'excuser, dit Ginger. Pardon, pardon… je suis la propriétaire de la boutique.

— Oh, lady Gold ! s'écria une dame. Je suis si excitée à l'idée de découvrir enfin votre boutique. On ne parle que de Plumes & Styles dans le petit monde de la mode !

— Merci. Vous êtes trop aimable.

Ginger réussit à s'immiscer dans sa boutique tout en s'effaçant pour laisser d'autres clientes sortir. Elle nota avec plaisir que celles-ci repartaient avec le sourire aux lèvres et les bras chargés de grands sacs. Les dames qui avaient patiemment attendu dehors se ruèrent à leur tour à l'intérieur, frigorifiées.

Mme Roux se précipita vers Ginger. La gérante portait un tailleur en rayonne lavande, sobre mais au goût du jour. Ses yeux bruns, plissés de profondes pattes-d'oie, brillaient d'enthousiasme.

— *Incroyable*[1] ! La rumeur du gala s'est propagée dans toute la ville comme une traînée de poudre.

— Ne nous en plaignons pas, madame Roux, répondit Ginger.

Plumes & Styles venait de s'agrandir. Le bottier qui occupait le premier étage du bâtiment en pierre ayant

1. Les mots en italique prononcés par Mme Roux sont en français dans le texte. (N.d.T.)

pris sa retraite, Ginger avait investi son ancien atelier. Les deux niveaux se déployaient à présent sous trois mètres de plafonds crème aux moulures dorées. Le sol en carreaux de marbre blanc brillait sous la vive lumière électrique des lampes en cristal. Au niveau de l'arche, une lourde tenture bordeaux séparait l'avant de la boutique de l'arrière.

Avant de poser Boss par terre, Ginger lui essuya les pattes avec le chiffon en coton qu'elle gardait toujours sur elle à cet effet.

— Allez, Bossy, va sur ton petit lit !

Le chien partit en trottinant vers la tenture, écarta du museau les deux pans de velours et disparut de l'autre côté.

Ginger confia son manteau et son sac à main à Mme Roux et gravit l'escalier en bois. Les robes fabriquées en série, rangées à l'étage, suscitaient toujours un grand intérêt, en particulier auprès des jeunes clientes. Ces dernières étaient en train de découvrir les modèles qui venaient d'être livrés pour le gala. Elles les examinaient sous toutes les coutures avec des murmures approbateurs avant de les essayer pour voir si la taille leur convenait.

— Ce qui me ravit, disait l'une d'elles, c'est de ne pas avoir à patienter le temps qu'on me confectionne une robe.

Son amie renchérit :

— Et puis à ce prix-là, on ne va pas se ruiner.

Dorothy West, la jeune employée de l'étage, se déplaçait à pas pressés, les lèvres pincées d'application.

— Dorothy, lui murmura Ginger d'un ton léger, n'oubliez pas de sourire, je vous prie.

La jeune fille se tourna vivement et la fixa d'un regard inquiet de petit oiseau. Au prix d'un gros effort, elle parvint à plaquer sur ses lèvres un petit sourire contraint.

— Pardon, lady Gold. C'est que je suis un tantinet nerveuse... Toutes les dames de la haute société n'ont pas votre gentillesse.

Ginger, qui avait elle-même du mal à composer avec cette élite qui croyait que tout lui était dû, adressa à sa jeune vendeuse un sourire encourageant.

— Vous vous en sortirez très bien. Et après une coupe de champagne, vous verrez que tout ce petit monde s'amadouera. J'y compte bien, en tout cas.

Les traits de Dorothy se détendirent.

— Merci, madame.

Au rez-de-chaussée étaient exposées les toutes dernières collections de haute couture en provenance d'Europe et d'Amérique. Ginger tomba en arrêt devant un nouveau modèle : une robe courte en fil d'or, doublée d'un voile doré transparent. Le voile était parsemé de sequins brillants et brodé de motifs inspirés de l'Égypte ancienne. Plus long que la robe, il arrivait à mi-mollets. Depuis que Howard Carter avait découvert le tombeau du pharaon Toutankhamon, en 1922, les thèmes égyptiens étaient en vogue aussi bien dans la mode que dans la décoration et Ginger partageait cet engouement général.

Sa styliste, Emma Miller, sortit de la réserve, chargée de robes destinées à renouveler les mannequins en vitrine. C'était une jeune femme au sourire facile, qui semblait réellement s'épanouir dans son métier.

— J'ai travaillé sur de nouvelles créations, annonça-t-elle en voyant Ginger. J'en ai déjà esquissé quelques-unes sur le chevalet.

— Très bien, j'irai y jeter un coup d'œil.

Ginger admirait le zèle de sa jeune styliste chez qui elle décelait un véritable potentiel. Emma Miller avait toutes les chances de devenir un jour un grand nom de la mode et Ginger aimait à penser qu'elle pourrait avoir une part dans sa réussite.

Une dame d'allure sophistiquée, drapée dans une cape en lambswool, admirait les toutes dernières robes en provenance de New York.

Ginger la reconnut tout de suite.

— Lady Whitmore, bienvenue à Plumes & Styles.

— Merci, lady Gold. Ce n'est pas la première fois que je viens, vous savez. (La dame se pencha vers elle d'un air de conspirateur.) Est-il vrai que M. Edward Molyneux sera l'invité d'honneur de votre gala d'ouverture ?

Ginger lui fit un grand sourire. Lorsqu'elle avait envoyé une invitation au grand couturier né à Londres, jamais elle n'aurait imaginé qu'il accepterait de quitter sa boutique parisienne pour assister au gala. Qui plus est, il lui avait promis de dévoiler à cette occasion l'une de ses toutes dernières créations.

— En effet, M. Molyneux sera là. Je me fais une joie à l'idée de le recevoir.

— Vous savez que sa venue agite toutes les rubriques mondaines, même si l'on a du mal à imaginer qu'un tel événement puisse avoir lieu dans un atelier de couture.

— Nous ne sommes pas un atelier de couture, lady Whitmore, se rebiffa Ginger. Nous sommes une boutique de mode où l'on trouve les toutes dernières tendances venues du monde entier. Il est donc logique que ce soit ici que se tienne un gala destiné à les mettre en avant.

— Oui, bien entendu. Je suis entièrement d'accord avec vous. Je ne fais que répéter ce qui se dit, vous savez…

Ginger eut un sourire crispé. Elle avait vis-à-vis des cancanières une patience fort limitée.

Lady Whitmore lui tapota le bras.

— Il paraît que l'aristocratie de toute l'Europe se presse à Londres pour acheter sa garde-robe de printemps. Ces grandes dames sont très curieuses de voir votre boutique, aussi, ne vous mettez pas martel en tête pour quelques ragots colportés par des esprits grincheux. Vous n'êtes pas sans savoir que les autres boutiques de mode sont aux abois. Vous êtes devenue une concurrente redoutable, et ce en très peu de temps. Ne vous étonnez donc pas si l'on vous envoie des espionnes déguisées en clientes. Cela se comprend : jamais vos concurrentes n'oseraient se rendre elles-mêmes dans votre boutique. Que diraient les gens ?

Ginger laissa lady Whitmore jeter un coup d'œil aux dernières robes et la bavarde ne tarda pas à trouver une autre oreille disposée à écouter ses commérages. Mme Roux s'approcha de Ginger, accompagnée d'une cliente. Cette dernière portait un manteau en laine fauve que Ginger reconnut immédiatement : c'était un modèle de la collection Jeanne Lanvin, la célèbre couturière parisienne. La cliente, déjà plus grande que la moyenne, arborait l'impeccable port de tête que seuls confèrent les cours de maintien. Malgré cela, l'opulence de sa poitrine alourdissait son maintien à l'avant et son imposant postérieur l'obligeait à se dandiner un peu.

Certes, on n'aurait pu la qualifier de belle, mais Ginger lui trouva un petit air familier : elle avait le nez droit, un petit menton, des yeux gris excessivement fardés de bleu et des cils empesés de mascara. Sa bouche était peinte en rouge vif.

— Je vous présente la comtesse Andreea Balcescu de Roumanie, annonça Mme Roux. Lady Gold, la propriétaire de Plumes & Styles.

Ginger tendit sa main gantée à la cliente.

— Enchantée de faire votre connaissance, comtesse. Et bienvenue chez moi !

La comtesse n'avait pas le sourire facile, à l'instar d'une grande partie de la noblesse d'Europe de l'Est qui continuait de souffrir des conséquences de la guerre. Nombre de ces aristocrates avaient fui une révolution, sans parler de ceux dont la lignée avait été interrompue – en toute légalité, certes, mais de façon brutale.

— J'ai entendu dire le plus grand bien de votre boutique, dit la comtesse d'une voix d'alto teintée d'un léger accent. J'ai dû laisser derrière moi nombre de mes affaires et j'ai grand espoir de regarnir ma garde-robe de printemps à Londres.

— Rien ne me ferait plus plaisir que de vous y aider. Vous trouverez chez nous les toutes dernières créations en provenance de Paris et de New York. En outre, nous disposons de notre propre styliste, une merveilleuse artiste qui saura vous confectionner un modèle unique à votre goût.

— Voilà qui est impressionnant.

Ginger lui présenta une robe de soirée en mousseline de soie, rehaussée de splendides drapés d'argent au niveau du corsage et des mancherons. La comtesse Balcescu fit courir ses doigts sur la robe. Ses mains gantées, quoique fortes, tâtaient le tissu avec délicatesse.

Tout à coup, un fracas fit sursauter toutes les personnes présentes. Ginger et la comtesse se retournèrent. Un présentoir d'accessoires avait basculé par terre.

— *Mon Dieu* ! s'exclama Mme Roux.

Dorothy et Emma se hâtèrent de relever le présentoir et de remettre en ordre les foulards et sacs à main exposés.

— Comment une telle chose a-t-elle pu se produire ? interrogea Ginger.

— Je n'en ai aucune idée, répondit Mme Roux. Avec tout ce monde, n'importe qui a pu le heurter par inadvertance.

Ou le renverser à dessein. Ginger se remémora la mise en garde de Lady Whitmore : certaines boutiques concurrentes risquaient de lui envoyer des espionnes. Tenterait-on de lui saboter son gala ?

Sottises ! La chute de ce présentoir n'était due qu'au hasard ou à la maladresse.

Toujours est-il que l'incident n'eut pas l'heur de plaire à la comtesse.

— Je reviendrai peut-être une autre fois, dans des circonstances moins… mouvementées.

Ginger poussa un soupir. Une potentielle cliente perdue, sans doute au profit de la concurrence. Tant pis, on n'y peut rien, se raisonna-t-elle. Ce sont des choses qui arrivent.

La sonnerie du téléphone, qui s'élevait par intermittence, retentit une fois de plus. Mme Roux, comme à l'ordinaire, s'occupa d'aller répondre, puis chercha Ginger du regard et lui fit signe d'approcher.

— C'est pour vous, lady Gold. Miss Gold à l'appareil.

Ginger s'empara du récepteur. En effet, si la maison de Hartigan House ne possédait qu'un vieux téléphone de type bougie, Plumes & Styles s'était équipée d'un appareil moderne. L'écouteur et le microphone étaient faits d'un seul tenant qui, quand on ne s'en servait pas, reposait à l'horizontale sur une boîte dotée d'un cadran circulaire.

— Felicia ?

— Oh, Ginger ! Il s'est passé quelque chose de terrible.

Ginger cessa de respirer. Un accident à la maison ? Était-il arrivé malheur à Ambrosia ?

Certes, l'auguste vieille dame ne manquait pas de vigueur, mais elle n'était plus toute jeune non plus.

— Que se passe-t-il, Felicia ?

— C'est Angus Green, il a disparu !

Ginger accueillit la nouvelle d'un battement de cils. Ce n'était pas du tout ce à quoi elle s'attendait. Angus Green ? Ce jeune et beau comédien dont Felicia s'était entichée ?

— Comment cela, disparu ?

— Il ne s'est pas présenté à la répétition cet après-midi, et d'après Geordie Atkins, il ne serait même pas rentré chez lui, hier soir. C'est qu'ils partagent le même appartement, voyez-vous ?

— Peut-être s'est-il lassé du théâtre, peut-être a-t-il suivi une autre voie ?

— Je n'en crois rien, ce n'est pas son genre. Il reste encore deux représentations à assurer. Angus ne nous aurait pas tous laissés en plan, si ? En plus, il m'avait promis que nous fêterions ensemble la fin des représentations…

La voix de Felicia se brisa. Ginger, prise de compassion, tâcha d'en savoir plus.

— Certains éléments laissent-ils penser que ce jeune homme peut avoir été victime d'un mauvais coup ?

— D'après Geordie, sa chambre a été mise sens dessus dessous. Or, Angus est, paraît-il, un garçon ordonné. Et maintenant que j'y repense, il m'a semblé tendu, ces derniers jours, comme si quelque chose le préoccupait.

— Avez-vous prévenu la police ?

— Oui, mais on ne nous a pas pris au sérieux. Pour eux, M. Green est un jeune fou, un type qui n'en fait qu'à sa tête. Oh, Ginger ! il faut que vous le retrouviez.

— Moi ?

— M. Haines a de l'argent. Il a dit qu'il vous paierait.

Ginger bredouilla :

— Mais je ne suis pas détective privé, Felicia.

— Bien sûr que si ! Vous avez résolu tout un tas d'énigmes depuis votre arrivée en Angleterre. Je vous en prie, Ginger, occupez-vous de cette affaire ! la supplia sa belle-sœur.

Ginger contempla le téléphone, bouche bée.

Oh, miséricorde...

2

Sous un prétexte quelconque, Ginger s'excusa auprès de Mme Roux et, Boss sous le bras, sortit sur le trottoir en quête d'un taxi. Felicia lui avait donné rendez-vous à l'Abbott Theater. Ginger, qui ne s'était encore jamais occupée d'un cas de disparition, se mordait déjà les doigts d'avoir accepté l'affaire. N'étant pas qualifiée pour mener ce genre d'enquête, elle ne savait même pas par où commencer. Cela dit, elle ne risquait rien à interroger brièvement les partenaires d'Angus Green dans *Simulacre* ainsi que le reste de ses camarades de théâtre.

Ginger héla un Beardmore, ces taxis noirs dotés d'un toit et dont les roues à rayons étaient protégées par d'énormes garde-boue.

— Mon chien ne vous dérange pas ? demanda-t-elle au chauffeur qui haussa les épaules.

— Tant qu'il ne fait pas de saletés…

Ginger déposa Boss sur le siège en cuir, puis ramena les pans de son long manteau d'hiver autour de ses jambes pour se glisser dans l'automobile. Dessous, elle portait une robe en faux crêpe bleu bordée d'une cordelière argentée, un modèle qui arrivait juste sous le genou, au grand dam d'Ambrosia.

— À l'Abbott Theater, lança-t-elle.

— Bien, madame.

En Angleterre, le mois de janvier est en général gris et humide, et cette journée ne faisait pas exception à la règle. Le brouillard s'était installé sur la ville, réduisant la visibilité de tous ceux qui empruntaient Oxford Street pour rejoindre le quartier des théâtres : voitures à moteur, fiacres et cyclistes téméraires. Toutes les deux minutes, le chauffeur de taxi pressait la poire de son klaxon.

Lorsqu'ils arrivèrent enfin devant le théâtre, Ginger mit Boss en laisse, paya sa course et se précipita à l'intérieur de l'édifice. Toute l'équipe de *Simulacre* était réunie sur la scène, éclairée par les feux de la rampe et quelques appliques électriques placées en hauteur. Le reste de la salle était plongé dans le noir.

Felicia accourut vers Ginger et la fit passer par les portes du côté jardin. De la scène, Ginger jouissait d'un point de vue différent de celui de la veille, depuis sa loge au balcon. Devant elle s'ouvrait la fosse à orchestre vide, tel un gouffre sombre et inquiétant où l'on risquait de chuter. Au-delà, les rangées de sièges s'étageaient selon une forte inclinaison, comme une falaise de velours rouge.

M. Atkins, M. Haines et un homme que Ginger ne connaissait pas étaient assis sur des chaises pliantes en bois. L'inconnu devait avoir la quarantaine bien sonnée, estima-t-elle. C'était un homme à l'air studieux, aux cheveux lissés en arrière et à la moustache cirée. Il accueillit Ginger d'une ferme poignée de main.

— Je suis Peter Maguire, régisseur.

— Enchantée, monsieur Maguire.

L'homme jeta un regard désapprobateur à Boss avant de poursuivre :

— J'espère que le choix du lieu ne vous dérange pas. Il m'a semblé que c'était l'endroit le plus central mais aussi le plus discret.

Il fit claquer sa langue de dégoût avant de reprendre :

— Nous nous retrouvons dans une situation odieuse. À cause de cette espèce de malotru, je vais être contraint d'annuler le spectacle, ni plus ni moins.

À l'évidence, le régisseur ne se souciait guère du sort de M. Green, sa seule préoccupation concernait le spectacle. Geordie Atkins passa les doigts dans ses cheveux clairsemés et exhala un long soupir de défaite. À l'approche de Ginger, il se leva.

— Merci d'être venue.

Il n'en dit pas davantage.

Matthew Haines se leva également, sans entrain, les épaules basses, et alla serrer la main de Ginger. C'était un homme mince, aux traits fins et à la paume douce et étroite : l'art dramatique n'abîme pas les mains comme peut le faire le travail manuel. Haines portait un pull d'hiver en laine vert sapin selon la mode qu'avait lancée le prince de Galles, une chemise en cotonnade blanche et un pantalon brun.

— Ravi de vous revoir, lady Gold. Mais navré que cela soit dans des circonstances aussi étranges.

— Croyez-vous que M. Green coure un danger ou qu'il lui soit arrivé quelque mésaventure ? demanda Ginger. Ce genre de comportement lui ressemble-t-il ?

— J'ignore si Angus est en danger, déclara Geordie. Mais je puis vous affirmer qu'il n'est pas homme à disparaître sans prévenir, sauf en cas de force majeure.

Peter Maguire approuva du chef en se tripotant la moustache.

— Angus est un garçon sérieux, bien décidé à faire carrière au théâtre. Il comptait même partir pour New York cet été.

Felicia ouvrit de grands yeux. Manifestement, Angus avait omis de lui dire certaines choses…

— Lequel d'entre vous l'a vu en dernier ? s'enquit Ginger.

— Moi, je pense, répondit Felicia d'une voix douce. Nous sommes allés boire un verre hier soir, après la représentation. Puis il m'a ramenée chez moi… il devait être minuit passé. Comme il tenait à être frais et dispos pour la répétition d'aujourd'hui, il est rentré droit à son appartement. Du moins, c'est ce qu'il m'a dit.

À nouveau, M. Maguire fit claquer sa langue et répéta :

— Je vais devoir annuler les deux dernières représentations. Ça ne vaut pas le coup de former une doublure pour si peu.

— Oh, monsieur Maguire ! se récria Felicia. Je suis tellement déçue ! Dès qu'on l'aura retrouvé, je peux vous dire qu'Angus va m'entendre !

— Je devrais peut-être passer à son appartement ? suggéra Ginger.

Geordie plongea la main dans sa poche et en tira un trousseau de clés.

— Je vais vous y conduire.

L'appartement que partageaient Geordie Atkins et Angus Green se situait dans la Cité de Londres, juste derrière l'imposante silhouette de la cathédrale Saint-Paul et non loin de l'Église anglicane Saint-George. De la fenêtre du salon qui s'ouvrait au Sud, vers la Tamise, on distinguait sa tourelle carrée, semblable à celle d'un château, qui dominait l'édifice en pierre. Si Ginger avait pris la Daimler, elle serait passée voir le révérend Oliver Hill afin de s'enquérir des progrès de leur œuvre de bienfaisance, le Secours aux petits nécessiteux, qui fournissait des repas chauds aux enfants des rues.

L'appartement des deux comédiens était décoré de façon sommaire : dans le salon, un canapé et une table basse, dans la cuisine, une table en bois et deux chaises.

Ginger ordonna à Boss de s'asseoir près de la porte et promena son regard alentour afin de s'imprégner de l'environnement.

Geordie ressentit le besoin de se justifier.

— Nous aimons voyager léger. On ne sait jamais où va nous amener le prochain spectacle…

La salle de bains était équipée d'une baignoire blanche à pattes de lion et à l'émail craquelé, d'un petit lavabo et de toilettes. La porte-miroir du placard à pharmacie était ouverte et Ginger en examina le contenu.

— Y a-t-il quelque chose là-dedans qui appartienne à M. Green ?

Geordie opina.

— Angus dispose de l'étagère du bas. Voilà sa brosse à dents, sa crème à raser, et ces sachets sont des remèdes en poudre.

Ginger doutait fort qu'Angus Green soit parti, même en catastrophe, sans se munir de ses affaires de toilettes. Elle se tourna vers Geordie.

— Est-il possible que M. Green ne soit pas parti de son plein gré ?

— Que voulez-vous dire ?

— Avait-il des ennemis ?

Geordie haussa les épaules.

— Franchement, je ne le connais pas assez pour le dire.

— Ces derniers temps, son comportement vous a-t-il paru étrange ?

— C'est vrai qu'il ne semblait pas dans son assiette. Quelque chose le tracassait, j'en mettrais ma main à couper. (Geordie haussa à nouveau les épaules.) Mais vous savez, lady Gold, dans notre métier, il ne faut jamais se fier aux apparences.

3

Dans tout Londres, on ne parlait que du gala de Plumes & Styles : c'était l'événement de la saison 1924. Toute la bonne société assistait à cette soirée, et même quelques individus de plus humble extraction, tels que Blake Brown, le journaliste du *Daily News*. Il arrivait presque à hauteur de regard de Ginger qui était juchée sur des escarpins à talons de cinq centimètres en brocart d'argent. Ses cheveux clairsemés étaient copieusement huilés et plaqués sur le côté. Ses petits yeux bruns reflétaient l'ennui. La bandoulière de son appareil photo en cuir, un Sico de fabrication suisse, plissait la manche de son costume que distendait par ailleurs une petite bedaine.

— On peut dire que vous avez le chic pour organiser les fêtes, lady Gold, commenta le journaliste. Bien que votre dernière petite soirée ait été « mortelle », si ma mémoire est bonne…

Son calembour le fit glousser.

— Oh, monsieur Brown ! répliqua Ginger avec dégoût. Évitez d'aborder le sujet, je vous prie. Je vous assure que personne ne va mourir ce soir.

— C'était pour vous faire marcher.

Elle lui coula un regard en biais.

— En revanche, je m'étonne de vous voir ici. Ce n'est pas le genre d'événement que vous couvrez, d'habitude.

Blake Brown haussa les épaules.

— Mon rédacteur en chef a insisté. Alcool gratis et à gogo. Ça ne se refuse pas.

Un serveur passa près d'eux. Brown vida sa coupe de champagne d'un trait et en cueillit une autre sur le plateau. Ginger, qui l'aurait volontiers arrêté d'une tape sur la main, se contenta de sourire comme une parfaite hôtesse se devait de le faire.

— Si vous voulez bien m'excuser, dit-elle sans attendre de réponse.

Les filles avaient fait un fantastique travail de décoration. Des bouquets de ballons gonflés à l'hélium, blancs et dorés, voisinaient avec des roses blanches débordant de vases en cristal, tandis que du plafond ondulaient gracieusement des rubans de soie. Des serveurs en gants blancs et livrée noire circulaient adroitement entre les invités, des coupes de champagne en équilibre sur leur plateau. Dans un coin, un crooner susurrait des airs de jazz en vogue.

Ginger passa devant le duo Fitzhugh, mère et fille, des habituées de Plumes & Styles.

— Pour l'amour du ciel, Meredith, tiens-toi droite !

Lady Fitzhugh n'était pas tendre avec sa fille, songea Ginger.

Avec une moue boudeuse, la pauvre petite redressa ses épaules empâtées. Lady Meredith n'avait pas été gâtée par la nature : elle avait le visage trop large, la bouche trop petite et une mère despotique qui ne faisait qu'aggraver son manque de confiance en elle.

Ginger les salua toutes deux avec un grand sourire :

— Lady Fitzhugh, lady Meredith, quel plaisir de vous voir ici ensemble !

— En réalité, si je viens à ce genre de soirées, ce n'est pas tant pour moi que pour Meredith… j'ai pensé que cela pourrait servir ses intérêts.

Regardant autour d'elle, lady Fitzhugh émit un claquement de langue désapprobateur.

— J'espérais qu'il y ait davantage de jeunes gens…

— Mère, je vous en prie !

Sous le coup de l'humiliation, les joues rebondies de Meredith avaient viré au cramoisi.

Soucieuse de compenser l'absence de sensibilité de lady Fitzhugh, Ginger déclara d'un ton léger :

— C'est que ma boutique attire surtout les dames, vous savez. Je crains donc que les messieurs leur soient inférieurs en nombre. J'espère néanmoins que vous passerez un bon moment.

Par-delà les Fitzhugh, Ginger aperçut la princesse Sophia von Altenhofen, venue de Berlin. Pour renouveler sa garde-robe de printemps ? Ginger l'espérait. Elle avait reconnu la noble dame d'après une illustration parue dans la *Gazette du bon ton*, la revue de mode française qui faisait la pluie et le beau temps en matière d'élégance. L'article datait d'avant la guerre, mais les années n'avaient guère altéré les traits de la princesse.

— Princesse von Altenhofen…

Ginger avait pris soin de la saluer dans les formes, sachant que la nouvelle République allemande avait aboli la noblesse. Leurs titres n'étaient désormais plus que l'extension de leur nom de famille.

— J'espère que la musique est à votre goût. Aimez-vous le jazz ?

— Oui, je trouve cette nouvelle musique apaisante, mais ce n'est pas du réconfort que je suis venue chercher ici. Je suis là pour rencontrer Herr Molyneux.

— Bien sûr. Il va bientôt se joindre à nous.

Carré dans un fauteuil, un verre de whisky à portée de main, M. Edward Molyneux était encore à l'arrière de la boutique, de l'autre côté de la tenture. Aidé par son assistante, il apportait la dernière touche aux modèles qu'il allait présenter ce soir. Son but était de créer l'impatience, expliquait-il lorsqu'on lui demandait pourquoi il préférait rester à l'écart jusqu'au dernier moment.

Lady Isla Lyon et son mari, lord Robert Lyon, conversaient avec lord et lady Whitmore. Lord Whitmore était un homme au teint rosâtre, dont les cheveux avaient la couleur et la consistance de la paille. Dominant d'une bonne tête sa femme et les Lyon, il balayait discrètement la salle du regard. Lord Whitmore travaillait pour les services secrets, mais Ginger était l'une des rares personnes à le savoir. Aussi, lorsque leurs regards se croisèrent, il lui adressa un imperceptible hochement de tête.

Ginger traversa la boutique pour aller accueillir la comtesse Andreea Balcescu qui, comme promis, était venue assister au gala. Elle arborait pour l'occasion une élégante robe en rayonne bleu nuit, constellée de sequins. La coupe rectiligne de ce modèle était censée lui donner la silhouette à la garçonne qui faisait fureur en ce moment, mais hélas pour la comtesse, sa poitrine était bien trop présente pour produire l'effet escompté.

— Comtesse ! C'est si aimable à vous d'être venue !

— Pour rien au monde je n'aurais manqué monsieur Molyneux.

Ginger sourit.

— Comme je vous comprends !

Haley s'approcha de Ginger et la salua d'un sourire.

— C'est une réussite, dit-elle en trinquant au champagne avec son amie.

Une inconnue, une femme fluette, dont la coiffure impeccablement crantée au fer plat soulignait le menton délicat, s'approcha de Ginger avec aplomb et lui tendit une main couverte de bagues.

— Lady Gold, je suis Mme Emelia Reed. Quel plaisir de faire enfin votre connaissance ! Mon mari m'a dit le plus grand bien de vous.

L'homme élégant qui l'accompagnait se tourna alors vers Ginger qui sentit le sol se dérober sous ses pieds.

— Basil ?

Ginger avait rencontré l'inspecteur principal Basil Reed l'été passé, à bord du *Rosa*. Entre eux, l'attirance avait été immédiate, même s'ils avaient tous deux résisté à la tentation. Basil prétendait être empêtré dans un mariage voué au divorce, tandis que de son côté, Ginger pleurait encore secrètement son mari dont la mort remontait pourtant déjà à cinq ans.

Non sans réticence, Basil avait accepté qu'elle l'aide à élucider le crime qui avait été commis à bord du paquebot – Ginger savait se montrer très persuasive quand elle le voulait. Ils s'étaient ensuite séparés dans un esprit d'estime réciproque.

Par le plus grand des hasards, un autre crime les avait à nouveau rapprochés, jusqu'à faire naître entre eux une véritable amitié. Du côté de Ginger, cependant, les sentiments s'étaient mués en une affection plus profonde, au point qu'elle avait ôté la photographie de Daniel qui n'avait pas quitté sa table de chevet depuis la guerre. Ce poignant adieu à son premier amour, Ginger avait réussi à le faire car c'était ce qu'aurait voulu Daniel, qu'elle tourne la page et retrouve le bonheur. Comme il avait coutume de dire pendant la guerre : « Les vivants doivent continuer à vivre. »

Ginger n'avait jamais avoué ses sentiments à l'inspecteur principal, pourtant elle était sûre que ce dernier n'en ignorait rien. Basil Reed était un homme d'une grande perspicacité, c'était même l'une des qualités qui faisaient de lui un excellent policier. Mais Ginger ne s'estimait pas moins douée de finesse et, dans son esprit, cela ne faisait aucun doute : Basil éprouvait pour elle bien plus que de la simple amitié.

De toute évidence, elle s'était trompée.

— Bonsoir, lady Gold, la salua Basil sans chercher à fuir son regard, ses yeux noisette voilés de contrition. Ma femme a décidé qu'elle souhaitait assister à votre gala à la toute dernière minute. Nous n'avons donc pas eu le temps de vous confirmer notre présence.

Ginger n'avait jamais requis de confirmation de présence pour sa soirée. C'était le moyen qu'avait trouvé Basil pour s'excuser de ne pas avoir pu la prévenir, de ne pas avoir pu lui faire savoir que sa femme était revenue.

Ginger savait comment réagir dans des moments de tension extrême : durant la guerre, on l'avait formée à dissimuler ses émotions, et ce quel que fût l'enjeu. À cette époque-là, c'était une question de vie ou de mort.

Ce soir, c'était une question de dignité personnelle.

— Ravie de vous rencontrer, madame Reed.

Ginger se plaqua un sourire sur les lèvres alors que tout son sang semblait s'être retiré vers ses pieds.

— Basil m'affirme que vous êtes douée pour la gestion et que vous avez l'œil pour les détails, lady Gold, déclara Emelia Reed en englobant la boutique d'un vague geste de la main. Toujours est-il que vous avez le sens des affaires.

— Merci, répondit Ginger avec une feinte gaieté. (Elle croisa le regard de Basil.) Je pourrais peut-être vous trouver un habit, inspecteur principal.

Basil baissa son menton rasé de près.

— Je pense que je m'en tiendrai à Savile Row, merci.

Savile Row était le quartier de Londres où s'habillaient les messieurs de la bonne société. Il n'était pas, à proprement parler, en concurrence avec Plumes & Styles.

Emelia Reed caressa le gilet de son mari et le tapota avec affection.

— À mon avis, il n'y a que Savile Row qui te convienne, mon chéri, décréta-t-elle en soutenant le regard de Ginger. Mon mari est splendide. Ne trouvez-vous pas ?

— Tout à fait, madame Reed, répondit Ginger d'un ton léger.

Si Felicia avait assisté à la scène, elle aurait été stupéfaite de ses talents de comédienne.

— Eh bien, j'espère que vous allez bien profiter de la soirée.

— Je n'en doute pas, répliqua Emelia Reed. J'ai été absente de Londres pendant quelque temps…

Elle noua ses doigts avec ceux de son mari à qui elle adressa un sourire radieux. Ginger n'était pas dupe : ce charmant tableau de bonheur conjugal était interprété à sa seule intention.

Emelia Reed arqua un sourcil bien dessiné.

— Cela fait du bien de se retrouver dans le bain.

— C'est certain, acquiesça poliment Ginger.

Elle trouva la force de refouler les larmes qui lui brûlaient les paupières. À aucun prix elle ne devait trahir une émotion malvenue. Car Basil ne lui avait rien promis, il ne s'était pas mal conduit. C'était elle qui s'était sottement fait des idées. Si son cœur souffrait ce soir, elle ne pouvait s'en prendre qu'à elle-même.

— Eh bien, ravie de vous avoir revu, inspecteur principal, conclut-elle avec un enjouement de façade.

Sur ce, elle fit volte-face et s'en alla vers l'arrière de la boutique. Sentant le regard de Basil lui vriller le dos, elle laissa échapper une larme et écarta les tentures avec plus d'énergie que nécessaire.

— Monsieur Molyneux ?

Il émanait du grand couturier une impression d'autorité. Son smoking noir à la coupe impeccable lui donnait fière allure et ses cheveux bruns ramenés en arrière dégageaient un visage agréable à regarder.

— Êtes-vous prêt ? s'enquit Ginger.

L'invité d'honneur se leva et tira sur les revers de sa veste.

— Nous sommes fin prêts.

Son assistante, Mlle Bernard, sursauta.

— Les modèles sont en place, dit-elle.

Edward Molyneux sourit à Ginger.

— Nous pouvons y aller. Je vous laisse le soin de me présenter.

Il s'exprimait avec un fort accent français qui fit sourire Ginger. Sa maison de couture avait beau se situer dans l'une des rues les plus recherchées de Paris, Edward Molyneux était né à Londres. Néanmoins, se faire passer pour français asseyait sa légitimité dans le milieu de la mode, Ginger en convenait.

Elle se glissa entre les pans de la tenture et fit face à ses invités, évitant *délibérément* de regarder en direction de Basil Reed.

4

— Mesdames et messieurs, permettez-moi de vous présenter M. Molyneux !

Edward Molyneux fit son entrée avec assurance, sous les applaudissements sincères des invités. Il fendit la foule, suivi par Mlle Bernard et les croquis des tout derniers modèles, ceux-ci précédant le clou de la soirée – la présentation de trois mannequins revêtus de robes inédites. Les créations de Molyneux étaient marquées par un esprit de modernité : des lignes sobres et puissantes, un dos et des épaules dénudés qui, par le passé, avaient conduit certains à qualifier ses robes de scandaleuses.

Ginger nota avec satisfaction que ses invités ne semblaient pas faire partie de ceux-là. L'admiration était unanime et les superlatifs fusaient :

— Merveilleux !

— Extraordinaire !

— Tout simplement divin !

S'adressant à son mari, lady Whitmore déclara d'une voix forte :

— Si une dame veut être à la pointe de l'élégance sans pour autant ressembler à tout le monde, c'est vers lui qu'elle doit se tourner.

Une voix s'éleva :

— Quand pourrons-nous commencer à faire des achats ?

Ginger sourit.

— Le registre sera ouvert à 22 heures. D'ici là, je vous invite à admirer tranquillement les modèles. Mes employées se tiennent à votre disposition pour vous aider dans votre choix.

La porte s'ouvrit, laissant entrer un courant d'air frais bienvenu. Une dame d'une beauté éblouissante – peut-être la plus belle femme que Ginger ait jamais vue – pénétra dans la boutique et aussitôt le silence se fit. La dame continuait d'avancer, comme inconsciente de l'effet produit par sa présence. Elle était sublime dans une robe en mousseline de soie crème dont les trois superpositions fluides lui arrivaient sous le genou. Ses épaules graciles étaient drapées d'un châle en tulle égyptien d'Assiut orné de motifs d'argent martelé. Sur son décolleté d'un blanc crémeux brillait un gros diamant bleu taillé en forme de larme, au bout d'une simple chaîne en argent. À la vue du bijou, toute l'assemblée retint son souffle. Ginger avait reconnu la pierre, un article lui avait été consacré dans le *Boston Herald.* Le Blue Desire était un joyau d'une valeur inestimable, mais qui avait la réputation de porter malheur. Apparemment, tous ses propriétaires avaient connu des déboires avant d'être dépossédés du diamant d'une manière ou d'une autre. Nombreux étaient ceux qui avaient même perdu la vie alors qu'ils étaient en possession de cette pierre spectaculaire. Une aura mythique entourait le diamant bleu qui brillait de mille feux sous les lumières électriques. Ginger comprenait qu'on fût prêt à tout pour le posséder.

La dame sophistiquée parcourut la salle de son regard bleu nuit avant d'apercevoir Ginger. Elle se dirigea vers elle d'une démarche féline, foulant le sol en marbre comme une panthère.

— Vous devez être lady Gold, la propriétaire de ce bel établissement, dit-elle d'une voix mélodieuse, teintée d'un soupçon d'accent russe. Je suis la grande-duchesse Olga Pavlovna Orlova.

Ginger n'était pas sûre de l'étiquette à observer face à une altesse impériale russe. Son regard fila vers Haley qui haussa les épaules en signe d'ignorance. Ginger tendit la main :

— Enchantée de faire votre connaissance, Votre Altesse. Bienvenue à Plumes & Styles.

— Merci. C'est pour moi une immense joie d'être ici. Les Anglais sont à présent ma nouvelle famille puisque je ne suis plus la bienvenue dans mon propre pays.

— Je suis affreusement navrée d'apprendre que vous avez traversé de telles épreuves. J'espère que vous trouverez repos et réconfort en Angleterre.

— Je l'espère aussi.

L'assistance se détendit et les conversations reprirent. La voix de lady Fitzhugh augmentait de volume à chaque nouvelle coupe de champagne.

— Si seulement tu étais devenue comme elle, Meredith !

Les lèvres de la jeune fille se pincèrent d'amertume. Ravalant sa colère, elle se tourna vers Olga Pavlovna et la fusilla du regard.

Oh, miséricorde. Pauvre lady Meredith… Ginger avait de la peine pour elle.

La princesse von Altenhofen s'approcha des Fitzhugh.

— N'écoutez pas votre mère, glissa-t-elle à Meredith. La grande-duchesse n'est pas ce qu'elle paraît être.

Sur ces mots, la princesse s'éloigna pour aller s'entretenir avec l'invité d'honneur, laissant Ginger perplexe. Qu'avait voulu dire la princesse par cette étrange remarque ?

Felicia s'approcha de sa belle-sœur, son visage en forme de cœur allongé par la mélancolie.

— Ginger, j'espère que cela ne vous ennuie pas que je quitte la soirée de si bonne heure. Il m'est trop pénible d'être ici sans Angus. De ne pas savoir s'il va bien, c'est terrible.

— Je comprends, ma chérie, affirma Ginger, un brin contrite de ne pas s'être davantage intéressée au sort d'Angus Green.

Dès la fin du gala, elle se concentrerait exclusivement sur lui.

— Rentrez donc vous reposer à la maison. Et n'oubliez pas d'aller prendre des nouvelles de grand-mère.

Prétextant un mal de tête, Ambrosia avait en effet décliné l'invitation au gala. Ginger ne s'en était pas formalisée : la foule et les longues soirées pouvaient être éprouvantes pour les nerfs de la vieille dame.

La princesse von Altenhofen avait piégé Edward Molyneux dans un coin. Avec son fort accent allemand, elle sollicitait auprès de lui un rendez-vous en privé.

— Je serais ravi de pouvoir créer une tenue spécialement pour vous, princesse.

— *Vielen Dank.*

La princesse tournait le dos à la salle – c'était apparemment la seule qui ne s'intéressait pas à la grande-duchesse russe. Même si la « bonne » société avait repris ses conversations de « bon aloi », les coups d'œil dardés de part et d'autre traduisaient la curiosité unanime que suscitait la grande-duchesse.

Face à cette déesse russe, un sentiment d'infériorité traversa Ginger avec la violence d'une décharge électrique. Et le fait d'avoir été ignorée par Basil Reed n'arrangeait rien.

La grande-duchesse se dirigea d'une allure souveraine vers M. Molyneux, interrompant habilement sa conversation avec la princesse allemande. Cette dernière la considéra avec un dédain sans équivoque. La princesse Sophia n'éprouvait aucune sympathie pour la grande-duchesse russe et, après avoir renouvelé ses remerciements au grand couturier, elle s'éloigna, furieuse.

La grande-duchesse demeura de marbre.

— Les Allemands n'aiment pas passer en second, n'est-ce pas ?

M. Molyneux eut le bon sens d'adopter une attitude neutre.

— Je suis soulagé que la guerre soit finie et que nous puissions tous nous concentrer à nouveau sur la vie et la joie, comme celle qu'apportent mes créations.

— La guerre est finie pour vous, monsieur, mais dans mon pays, les souffrances continuent.

— Assurément. Veuillez pardonner mon manque de tact.

— Inutile de vous excuser. Vous n'êtes pas un bolchevique.

— Seriez-vous intéressée par l'une de mes robes ? s'enquit-il.

Avant que Ginger ait pu entendre la réponse de la grande-duchesse, Mme Roux s'écria :

— Lady Whitmore !

Ginger se retourna juste à temps pour voir sa gérante rattraper lady Whitmore dans sa chute. Ginger se précipita.

— Lady Whitmore ?

La dame battit des cils tandis qu'elle retrouvait la force de se redresser.

— Je suis navrée, je ne comprends pas ce qui s'est passé.

— Voulez-vous vous asseoir ? proposa Ginger. Il y a un fauteuil libre, là-bas.

Lady Whitmore opina du chef et, avec l'aide de Mme Roux, Ginger la guida jusqu'au fauteuil en question.

— Je vais aller vous chercher un verre d'eau, dit Mme Roux.

Lord Whitmore se pencha sur sa femme.

— Sara ?

— Je ne me sens pas très bien… Cela me contrarie de quitter la soirée de si bonne heure, mais il vaut mieux me ramener à la maison avant que je recommence à me donner en spectacle.

De fait, lady Whitmore avait le teint verdâtre, remarqua Ginger. Elle devait être vraiment souffrante pour prêter le flanc à tous les cancans, chose qu'on ne pouvait déjà plus nier.

L'expression de lord Whitmore se fit plus grave ; il paraissait un peu assommé par la tournure des événements.

— Buvez donc un verre d'eau, suggéra-t-il à son épouse. Vous vous sentirez peut-être mieux après.

— Je ne suis vraiment pas dans mon assiette…

— Il est un peu tôt pour partir, vous ne pensez pas ? Notre départ ne va pas passer inaperçu…

— Et si je m'écroule devant tout le monde, croyez-vous que cela passera inaperçu ?

Ginger observait leur échange avec curiosité. La plupart des hommes auraient donné leur bras droit pour pouvoir fuir un événement destiné avant tout au sexe faible.

Lady Whitmore tira sur la manche de son mari.

— George, je vous en prie.

Lord Whitmore poussa un soupir de résignation.

— Très bien.

Ginger s'approcha d'eux.

— J'ai demandé à Mme Roux de vous appeler un taxi. Vous risquez d'avoir du mal à joindre votre chauffeur dans de si brefs délais.

Lord Whitmore la remercia d'un signe de tête. Mme Roux arriva avec le manteau de lady Whitmore et lorsqu'ils sortirent sur le trottoir, un taxi les attendait déjà dehors.

L'incident terminé, les invités reformèrent leurs petits cercles et reprirent leurs bavardages. De son côté, Ginger ne pouvait s'empêcher de chercher du regard la femme de Basil. Elle la trouva en train de rire avec lady Lyon.

Que diable pouvaient-elles se raconter ?

Cela ne la regardait pas, elle le savait bien. Elle accepta une coupe de champagne d'un serveur qui passait et s'approcha de M. Molyneux qui, par extraordinaire, se retrouvait seul un instant.

— Monsieur Molyneux ! Le gala est une réussite, et c'est en grande partie grâce à votre présence. Je ne pourrai jamais assez vous remercier d'avoir accepté de venir.

M. Molyneux sourit poliment.

— C'est moi qui devrais vous remercier, lady Gold. Il se trouve que j'ai l'intention d'ouvrir une boutique à Londres, un de ces jours, et cette soirée m'a apporté une réclame dont j'ai grand besoin. (Il inclina la tête sur le côté.) Nous sommes voués à être rivaux, je le crains.

Ginger se mit à rire.

— La concurrence est une bonne chose pour la démocratie.

— Et la démocratie est une bonne chose ?

— Ça l'est.

— Quelle tristesse que nos voisins de l'Est ne semblent pas s'accorder sur ce point !

Ginger acquiesça en posant son regard sur la grande-duchesse russe. Celle-ci ne souriait jamais et l'on ne pouvait manquer de voir la tristesse qui voilait ses yeux d'un bleu profond. Ginger n'osait imaginer les souffrances qu'elle et sa famille avaient dû endurer. Être forcé de fuir sa patrie. La noblesse de Moscou et de Petrograd était sage d'avoir choisi l'exil. En restant, elle aurait risqué de connaître l'horrible sort qu'on avait réservé au tsar et à sa famille : exécutés ensemble, tous les sept.

Ginger se détourna juste à temps pour voir s'effondrer une autre tête couronnée. La princesse Sofia von Altenhofen s'affaissa sur le buffet des rafraîchissements, renversant un décanteur à sherry qui alla s'écraser au sol. Par chance, il était presque vide et aucune robe n'en fut éclaboussée.

Olga Pavlovna marmonna quelque chose en russe.

Ginger vint à la rescousse de la princesse Sophia.

— Votre Altesse ! Vous allez bien ?

— Je ne sais pas ce qui s'est passé. J'ai dû boire une coupe de trop.

Ginger fit signe à Mme Roux :

— S'il vous plaît, ouvrez la porte quelques minutes pour aérer. Pas trop longtemps, tout de même.

Le claquement de langue qui était la manie de la comtesse Balcescu se fit entendre.

— En Roumanie, nous jouissons d'une solide constitution qui n'a pas son égal dans le monde. Il ne nous viendrait même pas à l'idée de nous évanouir devant nos pairs.

Ginger, pour sa part, trouvait plutôt étrange que deux de ses invitées aient été prises de vapeurs. La mise en garde de lady Whitmore lui revint à l'esprit. Des espions à la solde de la concurrence se seraient-ils introduits dans la salle ? Seraient-ils en train de saboter le gala ? Sourcils froncés, Ginger regarda Blake Brown : le journaliste griffonnait dans son carnet. Ce n'était vraiment pas cette presse-là qu'elle avait espéré attirer.

Un peu plus tard, lorsque le calme fut revenu, elle s'approcha du journaliste avec un rameau d'olivier, à savoir le dernier brandy qui restait dans un tumbler en verre taillé.

— J'espère de tout cœur que vous serez gentil avec moi dans votre article, dit-elle.

Blake Brown accepta le présent qu'il se mit à déguster à petites gorgées.

— Je ne m'attarderai pas sur les malaises de ces dames, si c'est ce qui vous inquiète. Je me concentrerai sur votre invité de marque, le grand couturier. C'est lui, l'actualité du jour.

— Je vous remercie pour votre discrétion. Et je vous en prie, ne citez pas de noms.

Blake Brown mâchonna son crayon.

— Ça, je ne peux pas vous le promettre. Ce sont des personnages publics, vous comprenez. Mais après tout, je ne suis pas un échotier et je puis bien vous faire une fleur, lady Gold. Du coup, je crois pouvoir faire en sorte que leurs noms m'échappent. En revanche, si une autre dame vient à s'écrouler, je ne réponds plus de rien.

Oh, de grâce ! Faites qu'il n'y en ait pas une troisième, pria Ginger en son for intérieur. L'effet serait désastreux sur l'inauguration de Plumes & Styles.

Le reste de la soirée se déroula sans anicroche. Le crooner enchaîna les titres jusqu'à 11 heures, heure à laquelle la desserte à alcools fut prestement remisée. Les invités repartirent avec leur chauffeur, la plupart avec le sourire aux lèvres. Ginger était satisfaite : l'inauguration s'était bien passée et, à en croire Mme Roux, toute une liste de nouvelles clientes avaient réservé pour des essayages. Edward Molyneux était parti en taxi avant la fin, mais Mlle Bernard, son assistante, était restée pour remballer les robes d'exposition.

— C'était une soirée merveilleuse, lady Gold, lui confia-t-elle, les yeux brillants. Je savais que la nouvelle collection de M. Molyneux obtiendrait un succès fracassant.

Quand tous les invités furent partis, Mme Roux verrouilla la porte d'entrée. Il ne restait plus qu'elle, Ginger, Mlle Bernard et Haley.

— Je ne sais pas comment vous faites, ma chérie, déclara Haley. Tous ces bavardages m'ont épuisée.

— Et mon pieux petit mensonge, il ne vous a pas contrariée, j'espère ? s'enquit Ginger d'un ton prudent.

— Ah, quand vous m'avez présentée comme votre riche cousine américaine ! s'esclaffa Haley. Eh bien, tout porte à croire que Felicia n'est pas la seule comédienne à vivre à Hartigan House. Le nombre de contes à dormir debout que j'ai pu raconter ce soir… Je m'en étonne encore.

Un cri angoissé s'éleva :

— Lady Gold !

C'était la voix de Mme Roux.

Ginger et Haley se précipitèrent à l'arrière de la boutique et se figèrent sur le seuil de la deuxième cabine d'essayage. Une femme était étendue par terre, face contre terre.

— Un autre évanouissement, madame ?

Ginger contemplait, interdite, la robe en mousseline de soie crème. L'identité de celle qui la portait ne faisait aucun doute. Horrifiée, elle porta la main à sa bouche.

— C'est la grande-duchesse !

Retroussant sa jupe, Haley s'accroupit pour prendre le pouls au cou de la dame inanimée. Par chance, Blake Brown n'était pas là pour prendre des photographies, ne put s'empêcher de penser Ginger.

La tête de la grande-duchesse formait un angle anormal avec le reste de son corps.

— Est-elle… morte ? s'enquit Ginger.

Haley leva les yeux, la mine sombre.

— J'en ai bien peur.

5

Ginger ferma les yeux. Comment une telle chose avait-elle pu se produire ?

Égoïstement, elle ne pouvait songer qu'au mal qu'elle s'était donné pour organiser ce gala : tous ces efforts désormais gâchés. Car dès que Blake Brown aurait vent de l'affaire, Plumes & Styles accéderait à une notoriété dont elle se serait bien passée.

Ginger se gourmanda intérieurement. Comment pouvait-elle songer à ses propres intérêts, alors qu'une dame avait perdu la vie, ce soir ?

Des pleurs discrets la détournèrent de ses pensées, lui rappelant la présence de la jeune assistante de Molyneux.

— Ne regardez pas, mademoiselle Bernard, ordonna-t-elle. Il y a un téléphone près du comptoir. Appelez Scotland Yard. Vous trouverez le numéro dans un carnet bleu, au fond du tiroir.

Réconfortée d'avoir quelque chose à faire, l'assistante s'essuya les yeux.

De son côté, Mme Roux avait retrouvé sa voix.

— *Quelle horreur !* Mais que diable allons-nous faire ?

— Attendre la police, répliqua Ginger.

Haley se releva et hocha la tête.

— En effet, il va y avoir autopsie, car il s'agit d'un meurtre. Le corps est encore chaud et le processus de rigidité cadavérique n'est pas entamé.

— J'essaie de me souvenir de la dernière fois que je l'ai vue, réfléchit Ginger à voix haute. Elle était en train de parler à M. Molyneux…

— Moi, je pense l'avoir vue monter à l'étage, dit Mme Roux. De toute évidence, elle en est redescendue.

— Je crains d'avoir passé plus de temps à me divertir qu'à faire attention aux allées et venues de chacun, s'excusa Haley. Quelle heure était-il lorsque vous l'avez vue en train de parler à M. Molyneux ?

— Pas loin de 10 heures, répondit Ginger. Je m'en souviens, car c'est à ce moment-là que j'ai annoncé que le registre serait ouvert dans dix minutes.

Haley consulta son bracelet-montre.

— Il est à présent minuit. Elle est donc morte depuis au moins une heure, mais pas plus de deux.

— Comment se peut-il que personne n'ait remarqué son absence ? s'interrogea Ginger en venant s'accroupir à côté de Haley. On aurait pourtant dit que les gens n'avaient d'yeux que pour elle.

— Il a dû y avoir un moment où elle s'est glissée derrière la tenture sans qu'on la voie, suggéra Haley. Ensuite… loin des yeux, loin du cœur.

— Mais qu'était-elle venue faire à l'arrière ? Que cherchait-elle ici ?

— Les modèles de M. Molyneux ? hasarda Mme Roux.

— Nous devons demander à Mlle Bernard s'il manque quelque chose, décréta Ginger.

Elle quitta la scène de crime pour se diriger vers le comptoir où l'assistante de Molyneux, le regard vide, fixait un point devant elle.

— Je sais, cela fait un choc, compatit Ginger.

Elle remplit un verre à la fontaine et le tendit à la jeune fille.

— Tenez, buvez.

Docilement, Mlle Bernard prit une gorgée d'eau.

— Avez-vous prévenu la police ? s'enquit Ginger.

Mlle Bernard hocha la tête.

— *Oui.*

— Bien. Et maintenant, j'ai besoin que vous réfléchissiez. Lorsque vous avez tout remballé, ce soir, avez-vous été frappée par une quelconque anomalie ? Manquait-il quelque chose ?

Mlle Bernard ôta une épingle de son chapeau, se gratta la tête et se recoiffa.

— Je ne crois pas, lady Gold. Mais sur le moment, je n'ai pas vraiment fait attention. Je vais aller vérifier.

Elle s'éclipsa de l'autre côté de la tenture à l'instant où l'on frappait à l'entrée de la boutique.

Les yeux de Ginger rencontrèrent ceux de Basil Reed, derrière la vitre. Le policier ôta son feutre mou.

Une vague de fatigue déferla sur Ginger. Le gala l'avait vidée de toute son énergie. Après l'émotion que lui avait causée sa rencontre avec l'épouse de Basil, voilà maintenant qu'un meurtre venait d'être commis dans sa boutique. Les forces lui manquaient pour affronter l'inspecteur principal. Laissant échapper un soupir, elle déverrouilla la porte.

Lorsque Basil entra dans la boutique, talonné par le sergent Scott, elle détourna le regard. À peine avait-elle eu le temps de voir qu'il s'était changé : son trench-coat ouvert révélait un solide costume marron.

— Ginger…

Mais avant qu'il ait pu prononcer des paroles qui les auraient mis tous deux dans l'embarras, elle l'interrompit.

— Messieurs… Le corps se trouve dans la troisième cabine d'essayage, à l'arrière.

Ginger les conduisit de l'autre côté, où Haley et Mme Roux étaient restées près du cadavre.

Mlle Bernard passa la tête par la tenture.

— Tout est en ordre, madame.

— Il se fait tard, madame Roux, dit Ginger. J'aimerais que vous vous occupiez de Mlle Bernard. Aidez-la à regagner son hôtel, voulez-vous ?

Elle se tourna vers Basil sans croiser son regard.

— Vous n'y voyez pas d'objection, inspecteur principal ?

Basil fit un geste de dénégation.

— Non, du moment qu'aucune de vous ne quitte Londres. J'aurai quelques questions à vous poser demain.

Mme Roux et Mlle Bernard acquiescèrent sans discuter.

— Qui sont les dernières personnes à avoir vu la grande-duchesse en vie ? demanda Basil.

— Pour ma part, je l'ai vue juste avant 10 heures, répondit Ginger. Elle s'entretenait avec M. Molyneux.

— Il faudra que je lui parle.

— Il est l'un des premiers à avoir quitté la soirée.

Basil hocha la tête. Il était lui-même encore présent lorsque le grand couturier était parti.

— Mais de son côté, poursuivit Ginger, Mme Roux affirme avoir vu la grande-duchesse monter à l'étage après le départ de M. Molyneux. Celui-ci ne peut donc pas être soupçonné.

— C'est juste.

Basil nota quelque chose dans son calepin avant de s'enquérir :

— Qu'y a-t-il, là-haut ?

— Encore des vêtements. De la confection, principalement.

— Pour quelle raison la grande-duchesse serait-elle montée à l'étage ?

— Je n'en ai vraiment aucune idée. Elle n'était pas du genre à s'intéresser aux robes fabriquées en série.

— Peut-être est-elle allée y retrouver quelqu'un ? suggéra Haley.

— Puis-je monter ? demanda Basil. J'aimerais jeter un coup d'œil là-haut.

De toute évidence, il n'avait pas pris la peine de visiter les lieux durant le gala.

— Bien entendu, répondit Ginger.

À l'inverse du rez-de-chaussée qui se distinguait par son espace aéré, l'étage était entièrement occupé par des rangées de portants. Les vêtements y étaient classés par style et par taille, en ordre croissant. On y trouvait des manteaux de la saison passée proposés au rabais, mais surtout la nouvelle collection de printemps : jupes et chemisiers classiques, robes de jour, vestes et tenues de soirée. Au mur était exposée une sélection de chapeaux, œuvres de la modiste du quartier auprès de laquelle se fournissait Plumes & Styles.

— Avez-vous remarqué quelque chose d'inhabituel durant le gala ? demanda Basil. Surpris une conversation qui aurait pu suggérer une quelconque animosité envers la grande-duchesse ?

— Ma foi… la princesse Sophia von Altenhofen n'a pas caché l'antipathie que lui inspirait cette dame, répondit Ginger.

Basil griffonna quelques mots dans son calepin.

— Les tensions entre Russes et Allemands sont encore vives. Vous pourriez peut-être me donner la liste des invités ?

— Certainement.

Basil la remercia d'un signe de tête. Ils repartaient tous deux vers l'escalier lorsque Basil se retourna brusquement. Ginger faillit lui rentrer dedans et se retint de justesse de se raccrocher à lui.

Il la dévisagea sans ciller.

— Ginger, j'aimerais m'expliquer.

Elle eut un léger mouvement de recul. Elle ne se sentait pas prête à affronter une telle conversation à cet instant.

— Tenons-nous-en à l'affaire qui nous occupe, s'il vous plaît.

Basil poussa un soupir résigné.

— Très bien.

Le sergent Scott, équipé du tout nouvel appareil photographique du Yard (un Furet de marque française), entreprit de prendre des clichés de la scène de crime sous tous les angles possibles et imaginables, aveuglant Ginger à chaque explosion de flash.

— Il y a quelque chose qui cloche ? demanda Basil en voyant l'expression troublée de Ginger.

Elle se protégea les yeux pour répondre.

— Son collier a disparu. Elle portait le Blue Desire.

6

Le lendemain matin, Ginger et Haley prirent un petit déjeuner tardif, au petit salon. Un peu plus tôt, Ambrosia avait tiré Felicia de son lit, au grand dam de cette dernière qui était rentrée tard, la veille. Ginger les entendait se disputer dans le passage.

Felicia : — Je ne me sens pas bien ! En plus, je suis assez âgée pour savoir si j'ai envie d'aller à l'église ou pas.

Ambrosia : — On n'est jamais trop âgé pour assister à l'office.

Felicia : — Ginger n'y va pas à chaque fois, elle.

Ambrosia : — Cela ne vous concerne en rien.

Clément, béni soit-il, les conduisit à la paroisse voisine.

De son côté, Mme Beasley, la cuisinière, faisait de son mieux pour engraisser Ginger et Haley.

— Je ne comprends pas cette façon qu'ont les filles d'aujourd'hui de vouloir cacher leurs formes dans des robes qui leur tombent comme des sacs. Les hommes aiment les femmes qui ont ce qu'il faut là où il faut !

Et comme pour souligner son argument, elle rajusta son soutien-gorge sur sa généreuse poitrine.

Ginger se mordit la joue pour ne pas pouffer. Mme Beasley était une vraie mère poule. La cuisinière sortit de la pièce en fredonnant la chanson qu'on entendait partout :

— *Yes, we have no bananas*[1]*...*

Ginger reprit l'air entraînant :

— *We can positively affirm without fear of contradiction, that our raspberries are delicious, really delicious, very delicious...*

Et Haley se joignit à elle pour brailler à tue-tête :

— *But we have no bananas today !*

Mme Beasley passa sa bonne tête ronde par l'embrasure, rouge de honte, réprima à grand-peine un sourire, puis s'éclipsa dans la cuisine. Ginger et Haley partirent d'un fou rire.

— L'on pourrait nous accuser d'un certain manque de subtilité, ironisa Ginger après avoir bu une gorgée de thé.

— Certes, convint Haley.

Elle ouvrit le *Daily News*, l'étala proprement sur la table, puis trempa une mouillette dans son jaune d'œuf. Lorsque Ginger lui avait appris que l'œuf à la coque accompagné de mouillettes était un élément traditionnel du petit déjeuner anglais, Haley avait éclaté de rire.

À la voir faire, pourtant, on aurait dit une véritable Anglaise, remarqua Ginger qui s'abstint néanmoins de tout commentaire afin de ne pas froisser la sensibilité de son amie américaine.

1. *Yes! We have no bananas* (Frank Silver/Irving Cohn). Chanson au comique absurde, publiée en 1923, dans laquelle le chanteur déclare avec aplomb : « Oui ! Nous n'avons pas de bananes », tout en se réjouissant de pouvoir proposer de délicieuses framboises à la place. Cette chanson a connu un immense succès populaire. (Toutes les notes sont de la traductrice.)

De toute façon, l'accent bostonien de Haley ne tarda pas à dissiper l'illusion.

— Il semblerait que Vladimir Lénine soit à nouveau souffrant, annonça-t-elle.

— On ne peut pas toujours se fier à ce qui est écrit dans les journaux, nuança Ginger.

Assis patiemment à ses pieds, Boss la regardait d'un air implorant, sa petite tête inclinée sur le côté. Incapable de résister, Ginger lui tendit un petit bout de bacon qu'il engloutit avec reconnaissance.

— M. Lénine n'est pas si âgé que cela, poursuivit-elle. À peine la cinquantaine.

— Mais dans quel but la presse propagerait-elle un mensonge aussi énorme ?

— C'est une tradition britannique, les journaux à sensation. Voilà pourquoi nous les appelons des « torchons ».

— Peut-être, mais les journaux new-yorkais disent la même chose.

— Dans ce cas, j'espère que c'est faux. Car aussi détestable que soit Lénine, c'est loin d'être le pire de la bande.

Haley acquiesça d'un murmure.

— Staline et Trotski se disputent déjà sa place.

— Alors, c'est que la presse dit vrai, conclut Ginger. Pauvres Russes… La guerre, la révolution, la dictature… Pour eux, les épreuves s'enchaînent sans répit.

— Au moins les nobles ont-ils eu les moyens de s'enfuir, déclara Haley d'un ton apparemment dénué de toute critique.

Toutefois, il en fallait plus pour tromper Ginger : elle savait que son amie avait du mal à admettre le système de classes que l'on retrouvait dans la plupart des pays d'Europe.

— Olga Pavlovna, elle, n'aura pas profité de sa liberté bien longtemps, lui fit-elle remarquer.

Haley, qui allait porter sa tasse de café à ses lèvres, interrompit son geste.

— Ça, c'est une tragédie.

Et regardant Ginger par-dessus sa tasse, elle ajouta :

— Si je puis me permettre, vous n'avez pas eu l'air ravie de revoir l'inspecteur principal. En fait, vous étiez pâle comme un linge.

— Ma foi, quelqu'un venait tout de même de mourir dans ma boutique.

— Oui, c'est certain.

Haley eut le bon sens de changer de sujet.

— Êtes-vous toujours à la recherche du Roméo disparu ?

— Je vous prie de surveiller votre vocabulaire, Haley. M. Green n'est pas l'ami de Felicia, merci de vous en souvenir.

Haley esquissa un sourire narquois par-dessus sa tasse.

— Toutes mes excuses, *lady Gold.*

Ginger pinça les lèvres, refoulant sa colère. Contre qui ou quoi, elle n'aurait su le dire. Contre Haley, trop américaine ? Ou contre elle-même, qui ne l'était pas assez ?

— À propos, reprit Haley. Qui était cette dame avec l'inspecteur principal Reed ?

— Quelle dame ? demanda Ginger, rattrapée par son douloureux dépit.

— Cette brune qui est restée accrochée à lui durant tout le gala.

Ginger but son thé à petites gorgées, reposa sa tasse et regarda Haley droit dans les yeux.

— C'était Emelia Reed, sa femme.

Haley accusa le coup sans ciller.

— Ainsi, il est bel et bien marié.

Depuis six mois qu'elles le connaissaient, Basil ne s'était jamais montré avec une femme. Du coup, Haley émettait souvent l'hypothèse que l'alliance qu'il arborait n'était en réalité qu'un leurre, destiné à décourager certaines dames trop insistantes. Après tout, il était fort bel homme.

— Indéniablement marié, oui.

Haley ne put cacher son accablement.

— J'en suis vraiment navrée pour vous.

— Ce n'est rien.

Les yeux bruns de Haley étincelèrent de colère.

— Non, ce n'est pas « rien » ! C'est moche ! Et cet homme est une charogne !

— Pourquoi ? Il n'a rien fait de mal.

— Il vous a volontairement induite en erreur. Il a joué avec vos sentiments.

Ginger prit une profonde inspiration, s'en tenant coûte que coûte à sa résolution.

— Je suis seule responsable des sentiments que j'éprouve.

— Attendez un peu que je le revoie, je lui dirai ce que je pense !

— Non, Haley, vous n'en ferez rien. Basil a pris sa décision. Il a choisi sa femme, et c'est tout à son honneur.

Haley poussa un soupir de résignation.

— De toute façon, vous êtes trop bien pour lui. (Elle se redressa soudain, frappée par une nouvelle idée.) Et ce prêtre ? Il a l'air très bien.

— Et dire que je pensais que c'était moi, l'entremetteuse !

Ginger repoussa son assiette où ne restaient que quelques miettes et saisit sa tasse de thé.

— Et si nous passions au séjour ?

Comme pour le reste de la maison, la décoration du salon avait été refaite. Du style victorien, il ne restait plus trace. Les teintes sombres et oppressantes avaient cédé la place à une palette de couleurs plus claire. Le rose, le vert sauge et le jaune citron avaient remplacé le lie-de-vin, le vert jade et le jaune safran. La pièce avait également été débarrassée de son excès de meubles, tableaux et colifichets au profit d'un mobilier aux lignes droites et de toiles avant-gardistes. Seule *La Sirène*, cadeau de M. Hartigan à sa première femme, continuait de trôner au-dessus de la cheminée en pierre. Ginger était très attachée à ce tableau : la créature mythique aux yeux brillants et à la longue chevelure rousse lui rappelait sa mère. Dans le coin près de l'âtre, ronflant allègrement sur sa couche, Boss ajoutait une touche toute personnelle à l'ambiance de la pièce.

— À quoi allez-vous employer le reste de votre journée ? demanda Ginger à Haley après qu'elles se furent confortablement installées.

— J'ai appelé le Dr Watts, il a accepté que je l'assiste pour l'autopsie de la grande-duchesse.

— C'est très aimable à lui.

Haley opina.

— Oui, il va me manquer quand il sera parti.

Ginger se redressa.

— Le Dr Watts ? Il s'en va ?

— Il est proche de la retraite. Il a même fait venir son futur remplaçant, l'autre jour, un médecin frais émoulu de la faculté.

— L'avez-vous rencontré ? s'enquit Ginger.

— Oui.

— Et ?

— Le départ du Dr Watts constituera une grande perte pour la médecine légale.

— Vous n'aimez pas le nouveau légiste, conclut Ginger.

— Je n'ai pas dit cela.

Quelques boucles rebelles s'échappèrent du faux carré court de Haley. Elle les ramena derrière l'oreille.

— Simplement, il est… jeune.

— Plus jeune que vous ?

Haley émit un petit rire moqueur.

— Il a mon âge. Trente-quatre ans, à peine.

— Vous en avez trente-trois.

— Mon anniversaire approche. Mais là n'est pas le problème.

Ginger la regarda d'un air intrigué.

— Et quel est-il, alors ?

— Le Dr Watts a des années d'expérience.

— Et à présent, vous allez devoir travailler sous les ordres d'une personne de votre âge.

Haley souffla.

— C'est mesquin de ma part, je le sais bien.

— Ce nouveau médecin vous réserve peut-être des surprises.

— Peut-être.

— Comment s'appelle-t-il ?

— Manu Gupta.

Ginger haussa les sourcils.

— Il est originaire des Indes ? Intéressant. Dans combien de temps le Dr Watts prendra-t-il sa retraite ?

— Dans un an. Pour le moment, le Dr Gupta n'est que stagiaire.

— Vous êtes donc encore tranquille pour un certain temps.

Du vestibule leur parvint un certain remue-ménage, dominé par une voix féminine. Quelques instants plus tard, Felicia faisait irruption dans le séjour.

— Je ne sais pas pourquoi je laisse grand-maman me traîner encore à l'église ! s'exclama-t-elle avec exaspération. En vérité, je l'ignore ! Elle passe son temps à me présenter à des hommes d'un certain rang, fades et sans intérêt. Je pensais que c'était Jésus que nous étions censés rencontrer à l'église !

Ginger prit la défense d'Ambrosia.

— Cela part d'une bonne intention, même si dans les faits, c'est maladroit.

Felicia entreprit d'ôter ses gants.

— Sans doute… Alors, avez-vous des nouvelles ?

— Des nouvelles de quoi ? s'enquit Haley.

Felicia, à sa manière flamboyante, leur fit part de son angoisse concernant la disparition de son camarade de scène.

— Felicia, ma chérie, lui demanda Ginger, savez-vous si Angus avait un différend avec quelqu'un ? Avait-il des dettes ?

Le visage de Felicia se crispa de chagrin et elle se laissa choir dans un fauteuil.

— En fait, je ne connais pas très bien Angus. Nous n'en étions pas encore au stade des confidences. Avez-vous trouvé des indices dans son appartement ?

— Ses affaires de toilette s'y trouvent toujours, répondit Ginger.

— Bah, les hommes ne se soucient pas de ce genre de choses, décréta Haley. Ils peuvent toujours aller s'acheter une brosse à dents.

— Il a également laissé ses remèdes.

Felicia laissa échapper un gémissement.

De son côté, Haley fronça les sourcils.

— Voilà qui est plus inquiétant. Vous souvenez-vous de ce qu'il prenait ?

— De l'aspirine et de l'ergotamine.

Haley hocha la tête.

— Hum, un migraineux.

Les yeux bleus de Felicia s'illuminèrent d'espoir.

— Je sais ! Angus a reçu une mauvaise nouvelle de sa famille et il est parti sur-le-champ, oubliant ses remèdes dans sa précipitation.

— J'ai déjà interrogé Geordie à ce sujet, ma chérie, dit Ginger. Il a téléphoné au père d'Angus. Son fils n'a pas cherché à le joindre.

Clive Pippins, ou Pips comme l'appelait tendrement Ginger, entra dans le séjour. Le fidèle majordome était au service des Hartigan depuis trente ans – l'âge de Ginger.

— Un appel téléphonique pour Mlle Higgins, annonça-t-il.

Haley bondit du canapé.

— Ce doit être le Dr Watts !

— Tenez-moi au courant ! lui cria Ginger.

— Promis !

Ginger aussi avait espéré recevoir un coup de téléphone. S'il y avait eu du nouveau dans l'enquête, Basil lui en aurait sûrement fait part, non ? À moins que…

Ce temps-là était peut-être révolu.

— Je retourne me coucher, déclara Felicia en sortant à la suite de Haley. Je suis tout bonnement épuisée.

Ginger passa l'après-midi à lire, ou plutôt à essayer de lire. Elle avait un mal fou à se concentrer sur les mots. Elle ne cessait de repasser dans son esprit les événements qui avaient marqué le gala, depuis la présence inattendue d'Emelia Reed au bras de Basil, jusqu'au meurtre de la belle grande-duchesse.

Ginger n'aimait pas conduire de nuit, mais lorsque le soleil se couchait à 5 heures de l'après-midi, comme toujours au mois de janvier, on n'avait guère le choix. La Daimler avait dix ans, mais comme elle n'avait pratiquement pas quitté le garage depuis tout ce temps, elle était comme neuve. C'était un modèle à deux portes et à dos plat, doté d'un toit noir et d'un riche intérieur en cuir brun. Sa carrosserie d'un bleu profond faisait ressortir les rayons jaune vif de ses roues, même crottés par la boue de l'hiver.

Ginger régla l'allumage, enclencha l'accélérateur et mit le starter. Du bout de sa chaussure grise Paul Poiret, elle appuya sur le bouton au plancher et le moteur démarra. Ginger sortit sans encombre du garage en marche arrière et partit en direction de l'est, vers la Cité de Londres.

Dans les rues de la capitale, la circulation était souvent chaotique ; les automobiles devaient manœuvrer au mieux entre les charrettes, les fiacres, les cyclistes et les piétons.

En passant devant l'appartement de Geordie, Ginger aperçut de la lumière à la fenêtre du salon. Dans ce quartier, les becs de gaz étaient rares et les rues, d'une obscurité inquiétante. Par bonheur, le brave Clément avait récemment changé les phares de la Daimler.

Ginger arrêta enfin l'automobile devant l'église Saint-George. À la vue de l'intérieur tout éclairé de la salle paroissiale, elle ne put réprimer un sourire : le révérend Oliver Hill donnait à manger aux enfants des rues. C'était Ginger qui était à l'origine du Secours aux petits nécessiteux, une œuvre de bienfaisance qu'Oliver avait soutenue dès le début. Ce soir, c'était le premier repas qu'ils organisaient. Ginger pénétra dans la salle avec enthousiasme.

Le révérend Oliver Hill arborait une masse de cheveux ondulés d'un roux légèrement plus atténué que celui de Ginger. Son visage rayonnait de bonté et ses yeux, qu'agitait parfois un petit tic nerveux, étaient empreints de douceur. C'était la couleur de leurs cheveux qui les avaient rapprochés, Ginger et lui. Ensemble, ils avaient évoqué en riant les problèmes que seuls les roux pouvaient comprendre.

On a du mal à se fondre dans la foule.

Je ne peux pas porter de rose.

On rougit pour un rien !

Oui, surtout quand on a chaud ou qu'on est embarrassé.

Lorsque Ginger était retournée à Londres après s'être recueillie sur la tombe de son mari, dans le Hertfordshire, elle s'était mise en quête d'un soutien spirituel. Dans son esprit, c'était la Providence qui l'avait guidée vers l'église Saint-George et le révérend Oliver Hill. Alors qu'elle était à la recherche de Scout Elliot, son petit protégé, elle était arrivée devant Saint-George. Scout ayant disparu avant qu'elle ait pu l'appeler, elle s'apprêtait à repartir lorsque quelque chose dans le jardin de l'église et son cimetière adjacent l'avait attirée. Sans réfléchir, elle était entrée dans l'église et s'était retrouvée assise sur le banc du fond. Au bout de quelques minutes, le révérend Hill s'était glissé à côté d'elle et lui avait proposé son réconfort spirituel.

Le révérend Hill lui avait été d'une grande aide lors de ses nombreux jours d'affliction. La mort de Daniel remontait à plus de cinq ans et pourtant Ginger n'avait pas encore trouvé la force de faire son deuil. Pour rien au monde elle ne l'aurait avoué – seule Haley le savait –, mais ses efforts pour tourner la page étaient liés à sa rencontre avec l'inspecteur principal Basil Reed.

— Lady Gold, s'écria le révérend Hill en souriant. Comme c'est aimable à vous d'être venue !

— Pour un empire, je n'aurais pas manqué le premier repas du Secours aux petits nécessiteux.

Ginger s'imprégna de l'ambiance de la salle paroissiale. On y avait installé des tables, toutes occupées par une foule d'enfants impatients.

— Il semble que ce système de repas rencontre un grand succès, se réjouit-elle.

— Oh, les enfants viennent volontiers à l'église du moment qu'on leur promet de quoi manger.

Les yeux d'Oliver brillaient de satisfaction. Il était clair que toute âme égarée lui tenait à cœur.

Ginger balaya longuement la salle du regard, à la recherche d'une petite tête blonde, et sourit en l'apercevant enfin. Parmi tous ces enfants âgés de sept à seize ans se trouvaient ses deux jeunes amis, les cousins Scout et Marvin Elliot.

Comme s'il avait senti sa présence, Scout leva son petit menton pointu de son assiette et son regard croisa celui de Ginger. Sa figure s'illumina aussitôt, dévoilant un spectacle anarchique : ses dents définitives cherchaient visiblement à se faire une place dans sa bouche, mais sans aucun respect pour l'alignement.

— M'dame ! cria-t-il par-dessus le vacarme des autres enfants, occupés à engloutir leur purée.

— Scout !

Ginger marcha d'un pas décidé vers le petit garçon. Celui-ci sauta de son banc et lui tendit une menotte crasseuse que Ginger n'hésita pas à serrer de sa main gantée de soie blanche.

— Je suis bien content de vous voir, m'dame, s'exclama-t-il avec son accent cockney.

— Moi aussi, jeune Scout. Il me semble que tu as grandi depuis la dernière fois que je t'ai vu.

— C'est vrai ?

— Mais oui.

Ginger était sincère. L'enfant avait pris quelques centimètres, même s'il restait chétif pour son âge. La malnutrition et l'absence de mère digne de ce nom empêchaient qu'il en fût autrement.

Marvin, son cousin plus âgé, salua Ginger avec la timidité de l'adolescence.

— Madame, dit-il en lui adressant un petit signe de tête.

Ginger avait rencontré les deux garçons à bord du paquebot *Rosa*, lors de sa traversée de Boston à Liverpool. Les deux cousins travaillaient en soute et Scout avait pris grand soin de Boss durant le voyage.

Comme s'il lisait dans ses pensées, Scout lui demanda :

— Il va comment, le petit gars ?

— Très bien, répondit Ginger. Mais le mauvais temps le rend paresseux. J'ai bien peur qu'il n'aime pas l'hiver.

— Moi non plus, m'dame.

Scout s'essuya le nez du revers de sa manche.

Marvin se racla la gorge et, jetant un regard timide à Ginger, s'enquit avec le même accent que son cousin :

— Je pense pas que vous ayez un petit boulot à nous filer, hein ?

Les deux garçons donnaient souvent un coup de main à Ginger. Chacun y trouvait toujours son compte, aussi ne leur faisait-elle pas la charité.

— Eh bien, si. Je suis à la recherche de quelqu'un.

Ginger leur montra la photographie d'Angus Green. Aucun des deux ne le reconnut. Le contraire aurait été étonnant. Il était fort improbable que Marvin et Scout fréquentent les théâtres.

— Ce monsieur habite dans le secteur, juste derrière la cathédrale Saint-Paul. Vous m'obligeriez si vous pouviez ouvrir l'œil.

— Et vous faire un rapport des fois qu'on repère quelque chose de louche, conclut Scout avec l'aplomb de qui connaît les rues.

— Exactement, répondit Ginger.

Elle donna trois shillings à chacun.

— Si jamais vous voyez M. Green ou si vous entendez quelqu'un parler de lui, revenez à Saint-George et prévenez le révérend Hill. Il me téléphonera. Ne vous approchez sous aucun prétexte de cet homme ou de quiconque parlant de lui.

Ginger veillait toujours à ce que les deux garçons ne courent aucun danger quand elle leur confiait ce genre de petit boulot.

— C'est compris ?

— Oui, m'dame ! s'écria Scout avec un sourire radieux.

Marvin opina :

— C'est compris. On fera gaffe.

— Et maintenant, je crois que votre dîner refroidit, dit Ginger en ébouriffant les cheveux gras de Scout. Retournez à votre assiette.

Ginger annonça au révérend Hill qu'elle s'apprêtait à partir et il la raccompagna jusqu'à la porte de la salle paroissiale.

— Révérend, vous n'êtes peut-être pas au courant, mais un malheureux événement s'est produit hier soir, dans ma boutique.

Le bon sourire d'Oliver Hill s'envola.

— Rien de trop grave, j'espère ?

— En fait, si. Très grave. Il y a un mort.

— Oh, mon Dieu…

— Je ne peux vraiment pas vous en dire plus avant que la police ne divulgue les circonstances exactes du décès.

— Je comprends. Je vais prier pour vous, lady Gold.

— C'est très gentil à vous, révérend. Merci.

Ils furent interrompus par Mme Davies, la secrétaire paroissiale.

— Excusez-moi, révérend. Un appel téléphonique pour lady Gold.

Ginger exprima sa surprise.

— Pour moi ?

— Oui, madame.

— De la part de qui ?

— Quelqu'un qui se dit policier, madame, inspecteur principal à Scotland Yard. Désolée, je n'ai pas retenu son nom.

Basil devait avoir téléphoné à Hartigan House et appris l'endroit où elle se trouvait. Mais qu'est-ce qui avait bien pu le pousser à l'appeler ici ?

— Veuillez m'excuser, lady Gold, mais je vais prendre congé, annonça le révérend Hill. Je dois retourner m'occuper des enfants. Mme Davies va vous montrer le chemin de la cuisine.

— Très bien, révérend, répondit Ginger avec bonne humeur. Au revoir et à bientôt.

Une fois dans la cuisine, Ginger décrocha le combiné.

— Lady Gold ? Inspecteur principal Reed à l'appareil.

— Bonsoir, inspecteur principal.

Ils en étaient revenus aux salutations formelles, nota Ginger avec un pincement au cœur. Maintenant qu'Emelia Reed était apparue dans le paysage, une barrière invisible se dressait entre eux.

— Que puis-je faire pour vous ? lui demanda-t-elle.

— Voudriez-vous mener les interrogatoires avec moi, demain ? Vous avez un point de vue très particulier de l'affaire, le meurtre a eu lieu dans votre boutique. En outre, une présence féminine est souvent utile lorsqu'on interroge des dames.

Ginger reconnaissait volontiers que Basil et elle formaient un bon duo d'enquêteurs, pourtant elle était tiraillée par des sentiments contradictoires. D'un côté, le meilleur remède aux tourments de son cœur consistait à rester loin de l'homme qui en était la cause. D'un autre côté, c'était la réputation de Plumes & Styles qui était en jeu, sans parler de la sienne. Pour son commerce comme pour sa respectabilité, elle avait tout intérêt à ce que l'affaire soit résolue le plus vite possible.

— Cela me ferait très plaisir, répondit-elle.

Certes, en théorie, elle faisait elle-même partie des suspects, mais cela ne semblait pas déranger Basil.

— Parfait ! s'exclama-t-il. Je viendrai donc vous chercher dans la matinée.

Ginger se souvint de l'agressivité de Haley envers Basil qu'elle jugeait coupable d'une grave offense faite à son amie. Mieux valait éviter une confrontation entre eux.

— Je préférerais qu'on se retrouve au Yard, cela ne vous ennuie pas ?

7

Quand Ginger parqua la Daimler à l'arrière de Scotland Yard, Basil l'attendait déjà dans son Austin 7 vert sapin. En la voyant, il sortit de son automobile pour aller lui ouvrir la portière. Ginger inspira un grand coup : elle allait devoir être forte. Basil Reed était un homme fringant, intelligent et gentleman ? La belle affaire !

Elle se conduirait avec lui de manière professionnelle. Les sentiments n'entrent pas en ligne de compte lorsqu'une dame gît à la morgue et qu'un meurtrier court les rues.

— Bonjour, dit Basil.

— Bonjour, inspecteur principal.

Ginger se glissa sur le siège du passager, son manteau révélant brièvement ses bas de soie. Basil eut la correction de faire comme s'il n'avait rien vu. Il referma la portière en douceur, reprit place derrière le volant, fit rapidement démarrer l'automobile et alluma le chauffage.

— Où allons-nous ? s'enquit Ginger.

— Chez lady Isla Lyon, puis chez la princesse Sophia von Altenhofen.

Ginger comprenait sans mal que l'ancienne princesse figurât sur leur liste – son antipathie pour la grande-duchesse sautait aux yeux. Mais lady Lyon ?

Basil anticipa sa question.

— Lady Lyon est connue des services de police.

Ginger ne chercha pas à cacher sa surprise.

— Mais pour quelles raisons ?

— Je crains qu'elle n'ait une certaine tendance à s'emparer de choses qui ne lui appartiennent pas.

— C'est une voleuse ?

— Cela fait des années que lord Lyon couvre ses larcins : il restitue toujours les objets à leur propriétaire, assortis d'une compensation financière.

— Oh, mon Dieu…

Lord et lady Lyon habitaient un splendide hôtel particulier dans Westminster, avec vue sur la Tamise. Basil cogna du heurtoir à la porte qui leur fut ouverte par un petit majordome replet. Basil fit les présentations.

— Je suis l'inspecteur principal Basil Reed et voici lady Gold. Nous souhaiterions voir lady Lyon. Elle nous attend.

— Par ici, madame, monsieur…

Lord et lady Lyon étaient au grand salon. Lady Isla Lyon, qui affichait bien vingt-cinq ans de moins que son mari, était une femme très séduisante aux yeux brillants et au carré impeccable. Allongée sur un luxueux canapé, elle était en train de lire comme une femme qui n'a aucun souci au monde. Lord Lyon, pour sa part, était penché sur un énorme bureau en noyer, une plume d'oie à la main. C'était un gentleman d'un certain âge qui n'était toujours pas passé au stylographe.

Le majordome annonça les visiteurs et lord et lady Lyon se levèrent pour les accueillir.

— Très aimable à vous d'être venus, déclara lord Lyon comme s'il était à l'initiative de leur entretien.

C'était un gentleman imposant, aussi large que haut, qui leur serra la main avec l'assurance d'un homme habitué à obtenir ce qu'il veut. De son côté, lady Lyon leur proposa du thé avec un sourire aimable. Son comportement ressemblait fort à celui de son mari : on aurait dit que Ginger et Basil leur rendaient une visite de courtoisie.

Ginger croisa le regard de Basil. Visiblement, cette petite scène ne l'amusait pas du tout.

Il s'assit et mit tout de suite les choses au point :

— J'espère que vous ne vous êtes pas mépris sur la nature de notre visite.

— Je suppose qu'elle est en rapport avec la triste nouvelle qui nous est parvenue au sujet de la grande-duchesse, répondit lord Lyon. (Il prit une pipe qui reposait sur son plateau et l'alluma.) Oui, bien triste, surtout pour une femme aussi belle.

Ginger se mordit la langue. Le décès de la grande-duchesse était tragique, certes, mais pas plus que ne l'aurait été celui d'un pauvre diable.

— En effet, c'est la raison de notre présence ici, reconnut Basil.

Portant la tasse de thé à ses lèvres, il en but une gorgée avant de la reposer avec sa soucoupe sur la table basse. Son regard passa du lord à la lady.

— Les questions que j'ai à vous poser risquent d'être déplaisantes, mais je veillerai à les formuler avec toute la délicatesse possible.

— Faites, dit lord Lyon comme si Basil avait besoin de sa permission.

— Je crains qu'un bijou n'ait disparu.

Les doigts effilés de lady Lyon se portèrent à sa gorge dénudée et, n'y trouvant rien, revinrent sur ses genoux.

— Que dites-vous là ? les apostropha lord Lyon.

Son changement de ton ne passa pas inaperçu.

— Le collier de la grande-duchesse, précisa Ginger avec douceur, le Blue Desire, il a disparu.

Elle entreprit de le lui décrire :

— Il s'agit d'une chaîne en argent et de son pendentif, un diamant bleu taillé en forme de larme. Un joyau tristement célèbre.

— Tristement célèbre, dites-vous, grommela lord Lyon. Sans doute volé par l'individu qui a assassiné la grande-duchesse.

Basil le regarda droit dans les yeux.

Le vieil aristocrate comprit soudain où l'inspecteur principal voulait en venir.

— Vous n'insinuez tout de même pas que…

— Lord Lyon, je cherche simplement des réponses. Il se peut que la grande-duchesse ait perdu son collier avant d'être tuée.

— Vous croyez que c'est moi qui l'ai volé, intervint lady Lyon d'une toute petite voix. (Elle s'adressa à Ginger.) C'est à cause de cette vilaine manie que j'ai. Un désir irrésistible m'envahit et je ne peux pas m'en empêcher. (Elle se retourna vers Basil.) Mais le Blue Desire, je ne l'ai pas pris, je vous le jure.

Le Blue Desire, peut-être pas, songea Ginger, mais la formulation de lady Lyon n'excluait pas d'autre larcin.

Il faudrait qu'elle demande à Mme Roux de vérifier le stock.

— À quelle heure avez-vous quitté le gala ? demanda Basil.

Lord Lyon haussa les épaules.

— Juste après 11 heures, je pense. Comme la plupart des invités de lady Gold.

Basil griffonna quelque chose dans son calepin – quoi, Ginger n'aurait su le dire – mais peut-être jouait-il tout bonnement la comédie. Une manière de jouer avec les nerfs du lord et de son épouse.

Basil finit sa tasse de thé et se leva.

— Nous ne vous dérangerons pas plus longtemps. Merci de nous avoir consacré quelques instants.

Lord Lyon sonna le majordome qui les raccompagna à la porte.

— Je ne pense pas que ce soit eux, déclara Ginger.

— Est-ce encore votre intuition qui parle ?

Ginger ne prit pas la peine de répondre. Une fois dans l'automobile, elle s'enquit :

— Avez-vous vérifié l'état de leurs finances ?

— Oui. Lord Lyon est aussi riche qu'il le prétend. En plus de sa demeure londonienne, il possède un vaste domaine à la campagne et plusieurs entreprises.

— Donc, le mobile n'est pas l'argent.

— Non, concéda Basil.

— Lady Lyon souffre d'une maladie, à l'instar de ces gens qui ont la passion du jeu. Son obsession à elle la force à subtiliser certains objets. Pour autant, je ne la crois pas capable de nuire gravement à autrui.

— Ce qui ne veut pas dire qu'elle n'a pas volé le diamant.

Basil contourna le Saint-James's Park par l'ouest et s'engagea dans Piccadilly.

— La princesse Sophia von Altenhofen a pris une chambre au Ritz.

— Oh, j'adore le Ritz !

L'hôtel en grès, haut de quatre étages, donnait sur la rue par des arches de style néoclassique. Chaque chambre était dotée de hautes fenêtres à balcon en fer forgé.

Basil tendit ses clés au voiturier et on leur fit gravir le perron jusqu'à la porte à tambour. Le portier, vêtu de noir, manteau, chaussures brillantes et chapeau haut-de-forme, les fit entrer.

Sous l'imposante coupole du lobby circulaire, un énorme lustre illuminait les tapis d'inspiration orientale. L'escalier qui s'enroulait vers le premier étage était habillé d'un chemin de moquette rouge sang.

Basil s'approcha de la conciergerie, vivement éclairée à l'électricité, se présenta au comptoir incurvé qui suivait l'arrondi de la salle et demanda qu'on appelle la princesse von Altenhofen.

— Dites-lui que nous l'attendons au bar.

— Vous prendrez quelque chose ? demanda Ginger lorsqu'ils furent installés.

— Un club-soda. Je ne bois pas d'alcool pendant le service.

Ginger, elle, commanda un café crème.

Si la princesse allemande avait perdu son titre de noblesse, elle fit son entrée dans le bar avec l'allure d'une star hollywoodienne. Ses cheveux blonds, coiffés à la perfection, encadraient son menton affirmé. Ses yeux, quoique peu fardés, impressionnaient par leur beauté sous les sourcils finement dessinés. Une touche de blush rehaussait ses pommettes. Apercevant Basil et Ginger, elle rejeta un boa en plume autour de son cou et s'avança vers eux d'une démarche nonchalante. Tout dans son port de tête et son maintien proclamait son rang d'altesse royale et bien que cela ne fût plus de mise, Ginger dut se retenir pour ne pas saluer la grande dame allemande d'une profonde révérence.

— Bonjour, inspecteur principal. Bonjour, lady Gold, dit-elle en s'appropriant le seul siège encore libre à leur table. Que me vaut le plaisir ?

Basil prit la parole.

— Princesse Sophia, je vous remercie d'avoir accepté de nous voir.

La princesse n'avait pas eu le choix, Ginger le savait bien, mais tous trois s'appliquaient à afficher une politesse de façade.

Un serveur s'approcha de la princesse, sans même qu'elle ait eu besoin de commander : de toute évidence, la maison connaissait ses habitudes en matière de boissons et savait qu'elle avait toujours envie d'un verre. Elle tira une cigarette roulée de son étui en or, la fixa à l'extrémité d'un fume-cigarette en ivoire et sourit à Basil qui lui tendit son briquet.

— *Danke.*

Basil se rassit, croisa les jambes, et, à la grande surprise de Ginger, sortit à son tour une cigarette. Bien sûr, elle savait qu'il fumait, à l'instar de la plupart des hommes (et des femmes), mais elle ne l'avait jamais vu faire lors de leurs précédentes enquêtes.

Était-ce devenu un réflexe chez lui depuis qu'il avait retrouvé sa femme ? Ginger choisit de ne pas s'attarder sur le sens de ce geste, si tant est qu'il y en eût un.

— Princesse Sophia, commença-t-elle, vous n'ignorez pas que la grande-duchesse Olga Pavlovna Orlova est décédée.

— C'était dans les journaux.

— La connaissiez-vous ? s'enquit Basil.

— Non.

— Pourtant, je vous ai vu lui parler, hier soir, objecta Ginger. Vous aviez l'air en colère.

La princesse exhala un long jet de fumée du coin des lèvres et prit son verre.

— Vous faites erreur.

— Je vous ai vue.

— Très bien. Elle a interrompu ma conversation avec M. Molyneux, ce qui était fort impoli de sa part. Voilà tout ce que vous avez vu, lady Gold. De la frustration.

— Pas du mépris ?

La princesse haussa une épaule et tira sur son fume-cigarette en ivoire.

Ginger poursuivit :

— Je vous ai entendue dire à lady Meredith que la grande-duchesse n'était pas ce qu'elle semblait être. Que vouliez-vous dire par là ?

— Personne n'est ce qu'il paraît être à première vue. N'ai-je pas raison ? Vous, par exemple, vous êtes anglaise et pourtant, il y a chez vous quelque chose de très… voyons voir… de très américain.

La princesse se tourna vers Basil avec un petit sourire.

— Vous, inspecteur principal, vous portez une alliance et pourtant, votre regard s'attarde sur…

Basil se redressa sur son siège.

— Aviez-vous déjà eu l'occasion de rencontrer la grande-duchesse avant le gala d'hier ? En Allemagne ou en Russie, peut-être ?

— Je puis vous affirmer en toute honnêteté que je n'avais jamais croisé la grande-duchesse avant-hier soir.

— Collectionnez-vous les bijoux de valeur ? s'enquit Basil.

— Quand je le peux, oui. Depuis la guerre, c'est devenu plus difficile.

— Que pensez-vous du Blue Desire, le collier que portait la grande-duchesse ? lui demanda Ginger.

Les yeux de la princesse brillèrent d'un éclat amusé.

— Pourquoi cette question ?

— Parce qu'il a été volé, répliqua Basil.

La princesse Sophia éclata de rire.

— Ma foi, je serais presque désolée pour le voleur.

— Pourquoi dites-vous cela ? demanda Ginger.

L'hilarité de la princesse se poursuivit.

— Parce que ce Blue Desire était un faux.

8

— Il n'est pas rare que les riches possèdent leurs propres faux, du toc comme on dit, des répliques de leurs bijoux authentiques, expliqua Ginger à Basil tandis qu'il conduisait. Par crainte du vol…

Basil acquiesça.

— Du cristal riche en plomb, plus connu sous le nom de strass.

— Oui. Ceux-ci réfractent la lumière de façon très semblable aux véritables pierres précieuses. Le diamant bleu que portait la grande-duchesse était à s'y tromper.

Basil rétrograda et s'arrêta pour laisser passer un groupe de piétons. Ils traversaient Whitechapel, en route pour le London Royal Hospital. La veille, le Dr Watts avait appelé Haley afin de préparer l'autopsie de la grande-duchesse, prévue pour ce matin. Ginger était impatiente d'en connaître les conclusions.

— La princesse von Altenhofen sait quelque chose, mais elle refuse de nous en parler, affirma-t-elle.

— La question est : s'agit-il d'un élément qui pourrait nous intéresser ou s'amuse-t-elle à nous manipuler ? Il nous faut plus de renseignements sur toutes ces altesses étrangères. Que pouvez-vous me dire sur cette comtesse roumaine, Andreea Balcescu ?

— Pas grand-chose, je le crains. Elle est passée à la boutique, la veille du gala. C'était la première fois que je la voyais, je n'en avais même jamais entendu parler.

— J'ai bien peur que vous ne soyez pas la seule dans ce cas. Malgré toutes les recherches que j'ai pu faire, je n'ai trouvé trace d'aucune comtesse roumaine au sein de la noblesse étrangère de visite en Angleterre.

— Est-ce à dire qu'elle est arrivée chez nous de façon clandestine ?

— C'est fort probable.

— Ce pourrait être notre meurtrière, alors.

— Ou simplement notre voleuse. Il se peut que nous ayons affaire à un meurtre de circonstance. La « comtesse » a peut-être découvert le corps et, au lieu de signaler le crime, elle s'est emparée du diamant bleu.

— Mais ce collier est une réplique.

— Nous sommes donc à la recherche d'une usurpatrice déçue.

Comme si la comtesse avait pu apparaître d'un coup de baguette magique, Ginger scrutait le trottoir qui défilait à la vitre.

— Où avez-vous cherché, exactement ?

— La noblesse ne fréquente que des hôtels triés sur le volet et ceux-ci ne sont pas nombreux.

— Le Ritz, le Savoy et le Brown's Hotel.

Basil acquiesça.

— Ce sont les trois premiers de la liste.

Les embouteillages étaient tels qu'il leur fallut plus de temps que d'habitude pour trouver à se garer près de l'hôpital. Une fois à l'intérieur, ils descendirent directement au sous-sol, là où se trouvait la morgue, et demandèrent à voir le Dr Watts.

— Entrez.

Le Dr Watts était un grand gaillard d'âge mûr, dont le visage empreint de douceur était surmonté d'une épaisse masse de cheveux blancs.

— Nous sommes prêts.

— Nous ? repartit Ginger.

Elle chercha des yeux les cheveux bouclés de Haley, mais ne vit qu'un homme en blouse blanche. Celui-ci se tourna alors vers Ginger qui resta saisie par sa figure. Sa peau caramel, ses cheveux courts d'un noir de jais et ses yeux cuivrés lui conféraient un indéniable charme exotique.

— Permettez-moi de vous présenter mon nouveau collègue, le Dr Manu Gupta.

Ginger déglutit. *Oh, miséricorde.* Pauvre, pauvre Haley ! Rien d'étonnant à ce qu'elle ait parlé de lui avec l'amertume d'une vieille fille éconduite. Aucune dame n'aime qu'un *homme* la surpasse en beauté. Même Ginger, qui s'estimait plutôt séduisante, était intimidée par la présence du Dr Gupta.

Il leur serra la main et leur souhaita la bienvenue.

Basil toussota.

— Avez-vous un rapport complet à nous donner, docteur Watts ?

— Parfaitement.

Efficace, le Dr Gupta avait déjà les pages requises à la main. Il les remit à Basil et résuma :

— Fracture des cervicales. On lui a brisé la nuque, entre la première et la seconde vertèbre. Les ecchymoses autour du cou nous indiquent que la force du tueur réside dans sa main gauche.

— Le tueur est un gaucher ? dit Basil.

Le Dr Watts opina du chef.

— Il arrive que les gauchers soient ambidextres. Les droitiers, en revanche, dépendent principalement de leur main droite pour tout ce qui requiert force ou dextérité. Briser la nuque de cette façon exige les deux et les indices relevés sur le corps désignent un assassin gaucher.

— Êtes-vous en train de nous dire que le meurtre a été commis par un homme ? s'enquit Ginger. Il y en avait très peu parmi les invités, hier soir.

— À votre place, j'interrogerais chacun d'eux, répliqua le Dr Watts.

Le Dr Gupta précisa :

— Il est possible qu'une dame bien entraînée ait commis une telle agression.

Ginger se remémora les cours d'autodéfense qu'elle avait suivis durant la guerre, en tant que membre des services secrets. L'expérience lui avait appris qu'une dame sûre de ses gestes était capable de briser une nuque avec autant d'aisance qu'un homme.

— En dehors des dommages causés aux cervicales, avez-vous remarqué quoi que ce soit d'intéressant ? demanda Basil.

— Il y avait des fragments de peau sous les ongles de la victime, répondit le Dr Gupta. La personne qui a commis ce meurtre doit avoir des griffures apparentes sur les mains, ou sur les avant-bras. Du moins jusqu'à ce qu'elles cicatrisent.

Basil et Ginger échangèrent un regard : la traque pouvait commencer. Ils avaient un assassin à retrouver.

— Si jamais vous découvrez un nouvel élément, veuillez me le faire savoir, conclut Basil et, soulevant son chapeau, il prit congé des deux chirurgiens. Au revoir, messieurs.

De retour dans l'Austin, Basil serra le volant et émit un sifflement.

— Un assassin, homme ou femme, gaucher, et portant des griffures sur ses mains ou ses avant-bras.

— Mlle von Altenhofen portait des gants durant tout notre entretien, lui fit remarquer Ginger. J'ignore si c'est elle notre meurtrière, mais elle est coupable de quelque chose.

— Lady Lyon a ôté ses gants pour servir le thé, se souvint Basil. Avez-vous remarqué une quelconque griffure sur ses mains ?

Ginger secoua la tête.

— Non. Lord Lyon, en revanche, a gardé ses gants tout le temps. Ne trouvez-vous pas cela plutôt étrange ?

— Les gants font partie de la tenue. Lord Lyon est un homme qui s'habille avec élégance.

— Vous avez bien retiré les vôtres.

— C'est vrai.

Basil les ramena à Scotland Yard.

— Qu'allez-vous faire, à présent ? s'enquit Ginger.

— Je vais passer quelques coups de téléphone aux ambassades étrangères. (Il consulta son bracelet-montre.) J'attends les instructions concernant la dépouille de la grande-duchesse. Comme elle avait fui la Russie, je pense que c'est son ambassade qui s'occupera des formalités.

Ginger descendit de l'automobile en même temps que Basil. Ils se dévisagèrent par-dessus le toit. Ginger prit un air professionnel, veillant à garder une certaine distance.

— Veuillez me téléphoner si jamais vous découvrez un nouvel élément, inspecteur principal.

— Je n'y manquerai pas.

Basil posa sur elle un regard empli d'une tendresse qui remua Ginger jusqu'à l'âme.

— Merci de m'avoir accompagné aujourd'hui, lady Gold.

Ginger s'éloigna de Basil, bien décidée à ne pas se retourner. Qu'il la croie donc indifférente à lui. Et non profondément blessée par son attitude.

9

Mme Schofield était devenue une habituée de Hartigan House. Elle rendait fréquemment visite à Ambrosia, au grand dam de celle-ci qui cachait à peine son antipathie pour elle.

Dès son retour, Ginger fut accueillie par le bruit de leur conversation. La porte du salon étant restée ouverte, leurs voix, amplifiées par la hauteur de plafond, résonnaient jusque dans le vestibule.

— Saviez-vous que la fille du comte de Dunsworth va participer aux Jeux d'hiver, en février ? Comment les appellent-ils, maintenant ? Ah oui, les Jeux olympiques ! En France.

— Langley m'en a parlé, oui, répondit Ambrosia. Quelque chose comme du patinage artistique ou je ne sais quoi. Tout à fait inconvenant pour une jeune fille de son rang.

— Et au nom de quoi les femmes ne pourraient-elles pas pratiquer les mêmes sports que les hommes ? protesta Mme Schofield. Ils jouissent déjà de tant d'avantages et de privilèges…

— Que voulez-vous, je regrette le savoir-vivre d'avant. À l'époque, chacun savait où était sa place, c'était tellement plus simple ! Ma Felicia… je ne comprends pas cette enfant. Je me dis parfois qu'il faudrait lui mettre des semelles de plomb pour l'empêcher de partir à la dérive.

Pauvre Ambrosia, songea Ginger. La guerre avait causé bien des bouleversements dans la société anglaise et sa chère belle-grand-mère avait du mal à s'y adapter. Bien que grand-mère, elle aussi, Mme Schofield semblait plus jeune de cœur.

— L'Allemagne, bien sûr, n'est pas invitée.

— Encore heureux ! se récria Ambrosia.

Ginger estima le moment propice pour passer la tête par l'embrasure et les saluer. Le salon avait été la première pièce de Hartigan House à subir un changement de décoration. Les lourdes et sombres tentures avaient été remplacées par des voilages aériens et les murs surchargés avaient été recouverts d'un papier peint à motifs géométriques ; seuls étaient demeurés les portraits à l'huile des parents de Ginger, représentés à l'âge qu'avait à peu près leur fille aujourd'hui. Dans un coin trônait un piano demi-queue dont hélas on ne jouait pas souvent. Le salon était devenu une pièce agréable et Ginger se réjouissait qu'Ambrosia ait décidé de s'en servir. Une fois ce meurtre résolu, peut-être y donnerait-elle une soirée…

— Quel plaisir de vous revoir, lady Gold ! s'exclama Mme Schofield. Alfred vient justement dîner à la maison, ce soir. Si vous êtes libre, vous pourriez vous joindre à nous.

Ginger sourit. La vieille dame cherchait toujours à la rapprocher de son petit-fils.

— C'est fort aimable à vous et je vous en remercie, mais je crains d'avoir déjà d'autres projets. Veuillez saluer Alfred de ma part.

Alfred Schofield lui avait fait forte impression à la dernière soirée qu'elle avait organisée à Hartigan House, mais dans le mauvais sens du terme. Il n'avait cessé de flirter éhontément avec elle, ainsi qu'avec Felicia, alors qu'il était déjà engagé avec une autre femme. Ginger n'avait aucune intention de dîner avec lui, ni ce soir ni un autre.

Elle gravit l'escalier monumental tout en ôtant ses gants de cuir. Une fois dans la chambre qui avait été la sienne dans son enfance, elle retira son épingle à chapeau, enleva sa capeline en feutre noir ornée d'une large plume rouge et la déposa négligemment dans son carton. Passant les doigts dans ses cheveux, elle redonna du volume à son carré court, là où le chapeau l'avait écrasé.

Une décoration or et ivoire avait remplacé le rose et le bleu de son enfance. Un lit à la tête et au pied magnifiquement sculptés occupait un mur. Deux fauteuils à rayures d'or et d'ivoire étaient disposés devant les grandes fenêtres, de manière à recevoir le plus de lumière possible à l'heure de prendre le thé ou de rédiger son journal intime. Un miroir en pied richement ornementé se dressait dans un angle, près de la coiffeuse assortie. Un vieux gramophone complétait l'ensemble.

Boss, couché contre le pied du lit, la regardait d'un air intrigué. Ginger lui sourit et alla lui gratter la tête.

— Si je suis ce que tu as vu de plus intéressant aujourd'hui, c'est que ta vie est d'un ennui mortel. Il faut y remédier.

Elle le prit dans ses bras et le câlina comme un bébé.

— Je devrais t'emmener plus souvent.

L'amour inconditionnel que lui vouait son petit chien lui était d'un grand réconfort. Surtout quand elle avait le cœur gros, comme en ce moment. Chaque fois qu'elle pensait à Basil, elle avait décidé de substituer l'image de Boss à la sienne. Apparemment, le petit chien allait lui accaparer l'esprit dans les jours à venir.

Ginger l'embrassa sur le crâne et le reposa sur le lit avant de se tourner vers sa penderie. Elle passa une robe de thé en soie toute simple et glissa ses pieds dans des pantoufles en satin vert. Puis, elle appela Boss qui sauta du lit, et ressortit de sa chambre, son petit chien sur ses talons. Ambrosia et Langley, sa femme de chambre, étaient sur le palier.

— Alors, la visite de Mme Schofield ? s'enquit-elle.

— Exténuante ! J'ignore où cette dame puise toute son énergie. À propos, avez-vous vu Felicia ? Je n'arrive pas à suivre les allées et venues de cette enfant.

— Je crois qu'elle est au théâtre, elle répète en vue d'une nouvelle audition.

— Seigneur… soupira Ambrosia, vaincue. Langley, apportez-moi donc une théière.

La svelte servante tressaillit et entreprit de redescendre l'escalier. Ginger et Boss la suivirent jusqu'au séjour où Ginger se servit un verre de vin – un merlot français de 1921. Elle se détendit enfin, installée devant le feu. On venait d'y remettre une bûche et de l'attiser, car de hautes flammes claires s'élevaient de l'âtre. Ginger se pelotonna dans leur chaleur.

La porte d'entrée s'ouvrit et un bruissement lui parvint : Haley sans doute, en train d'ôter son manteau d'hiver. Quelques instants après, son hypothèse se confirma : Haley fit son entrée dans le séjour et sourit en la voyant si confortablement installée.

— Ah, voilà qui me plaît.

— Je vous en prie, joignez-vous à moi.

Haley alla se servir un verre de vin et s'allongea sur le canapé. À l'instar de Ginger, elle ôta son chapeau et retira les épingles à cheveux qui retenaient son faux carré. Une longue queue-de-cheval ondulée retomba sur son épaule. Pour plus de confort, Haley tira sur la jupe de son ensemble en laine. À plusieurs reprises, Ginger avait tenté de la convaincre de laisser sa couturière raccourcir ses ourlets, mais son amie ne voulait rien entendre. « Médecine et vanité ne font pas bon ménage », professait-elle.

— Vous nous avez manqué, aujourd'hui, à la morgue, lui dit Ginger.

— J'avais un cours auquel je tenais absolument à assister : le rôle de la balistique dans la criminalistique. Il s'agit d'un champ d'études assez nouveau. (Haley sourit de toutes ses dents.) J'ai dominé le cours, étant la seule des étudiants à avoir manié une arme à feu et ramassé des douilles et des cartouches, tout cela grâce au second amendement de notre Constitution américaine.

— Voilà un sujet qui me semble tout à fait fascinant.

— On peut relier chaque balle à l'arme qui l'a tirée. Dans chaque cas, la décharge laisse une trace bien distincte.

— Intéressant, remarqua Ginger avec sincérité. J'aimerais beaucoup observer des exemples de ce phénomène.

— C'est très simple. Vous n'avez qu'à venir me voir à la faculté, un de ces jours.

— Je n'y manquerai pas.

Haley promena son regard autour de la pièce comme si elle cherchait quelque chose.

— Où est le patron ?

Haley aimait surnommer Boss « le patron », comme si le petit chien menait la danse[1]. Ce dernier se plaisait à le croire…

— Je pensais qu'il était sur sa couche, répondit Ginger. Il doit être parti en quête de nourriture. Boston vous manque ?

— Votre chien ou la ville ?

Ginger se mit à rire.

— La ville.

— Parfois. Ce qui me manque, c'est le baseball et le beurre de cacahuète.

— Vraiment ? Je ne vous savais pas férue de sport.

— Je ne parle pas seulement d'aller voir un match. J'adore jouer au baseball.

Ginger se pencha vers son amie.

— J'ignorais cette facette-là de votre personnalité… (Elle sourit.) Mais je n'ai aucun mal à vous imaginer en garçon manqué.

— Je n'ai pas changé et j'en suis fière. Être la seule fille parmi trois frères, cela forge le caractère.

— Assurément.

— Mais assez parlé de moi. Comment s'est passée votre journée ?

Ginger lui rapporta l'interrogatoire de lord et lady Lyon, puis celui de la princesse Sophia.

— Je ne sais pas ce qui est le plus inquiétant, commenta Haley. Que lady Lyon soit kleptomane ou que le diamant bleu de la grande-duchesse soit faux.

— Les deux sont inquiétants.

---

1. Jeu de mots sur Boss, « patron » en anglais.

Haley haussa un sourcil.

— Et Basil ?

— Eh bien ?

Ginger refusait d'avouer que la seule mention de ce prénom lui transperçait le cœur.

— Vous ne trouvez pas étrange de l'accompagner dans ses interrogatoires comme si rien ne s'était passé entre vous ?

— Mais il ne s'est rien passé. Certes, c'est étrange, mais nous sommes tous deux des professionnels.

— Bien sûr.

Ginger décida d'inverser les rôles et, regardant Haley par-dessus son verre, elle lâcha :

— Aujourd'hui, j'ai fait la connaissance du Dr Gupta.

Haley releva brusquement la tête, mais fit mine de s'intéresser au contenu de son verre.

— Et ?

— Il est charmant.

— Très, reconnut Haley.

— Et fort intelligent, insista Ginger.

— Rien ne lui échappe.

— En revanche, vous aviez omis de me préciser que c'était un dieu grec, ou plutôt, un dieu hindou.

— Bon sang, Ginger ! (Haley rejeta la tête en arrière.) Vous n'imaginez pas le mal que j'ai à travailler avec lui. Ma physiologie me trahit : sécheresse buccale, rythme cardiaque élevé et un afflux de sang à mes joues des plus contrariants. Je n'arrive pas à me concentrer en sa présence.

— Oh, miséricorde ! Haley…

— Je me conduis comme une idiote, voilà la vérité. Je ressemble à un balai abandonné contre le *David* de Michel-Ange.

— Oh, voyons ! Vous êtes trop dure avec vous. Certes, votre garde-robe gagnerait à être renouvelée, mais vous êtes vous-même extrêmement séduisante.

Haley s'esclaffa.

— Ne prenez pas ce petit ton condescendant !

— Pas du tout, Haley. Vous n'avez peut-être pas une forme de beauté classique, mais vos traits sont tout à fait aimables et je ne dis pas cela avec condescendance. C'est la pure vérité. Vous avez de beaux yeux, de magnifiques cils bruns et une bouche attirante.

Haley rit de bon cœur.

— Oh, Ginger, je vous adore ! Et pardon de me montrer si vaniteuse. Je compte d'ailleurs cesser de l'être séance tenante. Je fais des études pour devenir médecin. J'ai besoin de tout sauf de m'empêtrer dans une histoire d'amour. De plus, avec un tel visage, je suis sûre que le Dr Gupta a déjà quelqu'un dans sa vie.

C'était probable, estima Ginger en son for intérieur. À Londres, la population indienne avait fortement augmenté depuis que l'Empire avait acquis les Indes, cent ans plus tôt. Le cœur du Dr Gupta était sans doute déjà pris par une belle Indienne. De toute façon, un mariage avec une femme blanche comme Haley serait épineux, même dans une ville aussi cosmopolite et progressiste que Londres.

10

N'ayant pas avancé dans l'enquête sur le meurtre de la grande-duchesse, Ginger décida que le moment était venu de rendre visite aux parents d'Angus Green.

Il lui fallut quarante minutes pour aller à Battersea en passant par l'Albert Bridge, et elle dut s'arrêter pour demander son chemin avant de trouver enfin l'adresse que lui avait donnée Peter Maguire, le régisseur.

La grande demeure à étage se situait en retrait de la route, au bout d'une longue allée bordée de haies. De toute évidence, les Green étaient des gens fortunés.

Ginger laissa retomber le heurtoir de cuivre en forme de lion sur la lourde porte en bois. Comment allait-elle aborder le sujet ? En aucun cas elle ne voulait inquiéter M. et Mme Green sans motif. La porte s'ouvrit sur un gentleman. Le dos droit, les mains sur les hanches, il arborait un air suffisant. Ginger lui trouva une petite ressemblance avec Angus… quelque chose dans les yeux.

— M. Green ?

— Oui. Qui êtes-vous ?

— Je m'appelle Ginger Gold. Ma belle-sœur est une amie de votre fils.

— Lequel ?

— Angus.

M. Green émit un reniflement de mépris.

— Dans quel pétrin s'est encore fourré ce jeune imbécile ?

— Auriez-vous un moment à m'accorder ? Puis-je entrer ?

M. Green s'effaça et Ginger pénétra dans la maison.

Le séjour était en ordre et bien tenu, pourtant la première impression de Ginger fut que la pièce ne devait pas beaucoup servir.

— Mme Green est-elle là ?

— Ma femme est décédée il y a huit ans.

— Mes condoléances.

M. Green haussa les épaules.

— Je vous offrirais bien une tasse de thé, mais…

— Non, c'est parfait. Je ne serai pas longue.

— Très bien. Qu'est-ce qu'Angus a encore fait ?

— À vrai dire, j'ignore s'il a fait quoi que ce soit. Simplement, ma belle-sœur Felicia est inquiète pour lui. Voyez-vous, il ne s'est pas présenté aux deux dernières représentations de la pièce qu'ils jouent ensemble.

M. Green gloussa.

— Du théâtre ? Les hommes qui en font ne sont-ils pas tous des…

Il s'interrompit, comme s'il s'était souvenu qu'il était en présence d'une dame, avant de reprendre :

— Je savais bien que j'aurais dû l'empêcher d'accéder à son fonds en fiducie avant ses trente-cinq ans.

M. Green ne montrait aucun signe d'inquiétude pour son fils.

— Ce genre de comportement est-il normal chez Angus ?

— Mais qu'est-ce qui est normal chez Angus ? Rien, c'est bien cela, le problème ! Il aurait pu faire des études, devenir médecin, épouser une baronne… Heureusement que son frère Andrew a un peu plus de jugeote.

— À quand remontent les dernières nouvelles que vous avez eues d'Angus ?

— À Noël. Quel cirque cela a été ! Depuis la mort de Maggie, nous ne sommes plus que tous les trois, trois célibataires. Et maintenant, il n'y a plus que moi, ici. J'ai une femme qui vient pour le ménage et la cuisine…

Malgré tous ses efforts, sa solitude perçait derrière son apparente désinvolture.

Ginger voulut le rassurer.

— Je suis certaine que votre fils se porte bien. Mon intention n'était pas de semer l'inquiétude dans votre esprit. Je dirai à ma belle-sœur qu'Angus, comme l'esprit libre qu'il paraît être, a tout bonnement suivi une autre route.

— Je suis navré qu'il se soit conduit comme un imbécile. Ce garçon passe sans cesse d'une lubie à une autre. Je suis certain que votre sœur – Felicia, c'est cela ? – ne méritait pas un tel idiot.

— Oh, ils n'étaient pas ensemble. Amis, rien de plus.

M. Green cligna de l'œil d'un air entendu, comme s'il n'en croyait pas un mot. De fait, Angus était fringant et plein de charme… Ginger doutait elle aussi que le jeune homme n'eût que de simples amitiés avec les femmes.

— Eh bien, je ne vais pas vous déranger plus longtemps, monsieur Green.

Pour la première fois, le père d'Angus sourit.

— À vrai dire, votre visite m'a plutôt fait l'effet d'une distraction, mademoiselle…

— Mme Gold.

Une ombre de déception voila le regard de M. Green et Ginger le laissa délibérément sur l'impression qu'elle était mariée. Ginger rentra à Regent Street, gara son automobile non loin de Plumes & Styles.

— Lady Gold !

Cette voix éraillée, c'était celle de Blake Brown. Ginger pressa le pas vers l'entrée de sa boutique. Le journaliste, qui l'attendait plus bas dans la rue, se précipita vers elle et finit par arriver à sa hauteur, pantelant.

— Bonjour, monsieur Brown. Vous êtes sorti courir ? ironisa Ginger sans s'arrêter.

Brown leva la main comme pour réclamer une pause.

— Non, attendez… Laissez-moi le temps de reprendre mon souffle…

Prise de pitié, Ginger se planta devant lui.

— Je sais pourquoi vous me guettiez. C'est au sujet de la mort d'Olga Pavlovna dans ma boutique.

— Exact ! Pourquoi ne m'avez-vous pas rappelé pour tout me raconter ? Je pensais que nous avions un… un accord.

— Je ne vois pas de quel accord il peut s'agir, M. Brown. La police a ouvert une enquête ; je suppose que c'est ainsi que vous avez appris la nouvelle ?

— Euh, oui. C'est vrai que j'ai un contact au sein du Yard.

— Alors en quoi puis-je vous être utile ?

— Une interview exclusive. Votre boutique et, ajouterais-je, votre réputation sont en jeu. Vous ne voulez pas donner aux lecteurs votre version des faits ?

— Ma version à moi ? Mais je vois mal comment je pourrais être responsable des violences d'autrui. J'en serais plutôt victime puisque, comme vous l'avez dit, ce drame porte atteinte à mon commerce.

Blake Brown se mit à faire courir furieusement son petit crayon mâchonné sur les pages de son carnet élimé.

— Je peux citer cette dernière phrase ?

— Non ! Je vous en prie, M. Brown. Vous ne devez pas imprimer tout ce que je vous dis là !

— Puis-je au moins vous poser quelques questions ? Lorsqu'on a découvert le corps de la duchesse, elle était morte depuis combien de temps ?

— Pas de commentaire.

— J'ai cru comprendre qu'il y avait aussi une histoire de vol de bijou. Que savez-vous au sujet du diamant bleu que la grande-duchesse portait ce soir-là ?

— Pas de commentaire.

— Faites-vous l'objet d'une enquête ?

— Quoi ? Mais non ! Je n'ai rien à voir avec la mort de la grande-duchesse. Et pas de commentaire !

— En fait, c'était un commentaire. Vous ne trouvez pas étrange que la mort semble s'attacher à vos pas ?

Ginger fronça les sourcils. Depuis qu'elle avait quitté Boston pour l'Angleterre, la remarque de Blake Brown s'avérait.

— Moi, ce que je trouve incroyablement agaçant, M. Brown, c'est que *vous* vous attachiez à mes pas. Et si vous ne cessez pas votre manège, je serai forcée de porter plainte.

— Parfait. Je pense avoir tout ce qu'il me faut, sourit Blake Brown avec la satisfaction du chat qui vient de croquer un oiseau.

Ginger le fusilla du regard. Portant le doigt au bord de son chapeau, il la salua et tourna les talons.

Bien qu'on fût pendant les heures d'ouverture, Plumes & Styles restait fermé au public. Ginger tapa un petit coup à la vitre de la porte et Dorothy West la fit entrer. La vendeuse était dans un état de nerfs épouvantable.

— Oh, madame, c'est affreux ! Je n'arrête pas de voir cette pauvre dame par terre, dans le salon d'essayage, le visage tout bleu… Je ne sais pas comment vous faites pour tenir le coup.

— Nous devons tous tenir, Dorothy.

Ginger considéra son employée et, pour la énième fois, se demanda pourquoi elle l'avait engagée.

— Vous devez absolument vous ressaisir. J'ai l'intention d'ouvrir les portes dans une heure et je compte sur vous pour être prête.

— Bien, madame.

En entendant la voix de Ginger, Mme Roux leva les yeux de la caisse, une liasse de reçus à la main.

— Je n'ai pas encore eu le temps de faire les comptes, mais à première vue, je crois pouvoir dire que le gala a été un succès au regard financier.

Mais peut-être un fiasco au regard de la bonne société, songea amèrement Ginger. Elle jeta un coup d'œil à la vitre. Pas une seule cliente ne rongeait son frein devant l'entrée.

— J'ai fait appel à des femmes de ménage supplémentaires, en raison du gala, ajouta la gérante. Elles devraient bientôt avoir fini.

La partie exposition, à l'avant de la boutique, était immaculée, nota Ginger avec satisfaction. Emma Miller était en train de remettre de l'ordre dans la vitrine. Toute trace du gala et du crime avait été effacée. Les parquets brillaient d'encaustique et les lumières électriques mettaient en valeur les tout derniers modèles présentés sur des cintres ou des mannequins. Il n'y avait pas un seul grain de poussière. Même les moulures dorées des plafonds avaient été passées au chiffon.

— Oh, madame Roux, avant que j'oublie… Vous veillerez à faire un pointage minutieux de toutes les ventes de la soirée.

La gérante la regarda avec perplexité.

— Suggérez-vous que quelqu'un est parti sans payer ?

— Non, pas du tout. (Ginger se remémora l'aveu de lady Lyon.) Enfin, peut-être. J'ai eu vent d'un détail fâcheux et je tiens simplement à m'assurer qu'aucun article ne manque.

— Très bien.

Ginger alla seconder Emma qui effectuait le réassortiment des robes et autres accessoires. Des rayons vides, des crochets nus et des vitrines incomplètes, ce n'était pas possible. S'il n'y avait pas eu ce meurtre, elles auraient déjà été prêtes à rouvrir dans les temps.

— Quelqu'un est-il monté à l'étage ? s'enquit Ginger. Dorothy ?

— Oui, madame. Tout est en ordre : les invités d'hier soir ne se sont pas intéressés aux robes de confection. Mais j'ai quand même tout rangé.

Ginger ouvrit les portes à 10 heures pile et vit avec soulagement une queue se former devant la boutique. Les visages étaient jeunes, probablement des clientes pour le premier étage.

— Bienvenue à Plumes & Styles, mesdames.

— Est-ce vrai que quelqu'un est mort chez vous, hier soir ?

— Il paraît que la défunte appartenait à la famille royale du Moyen-Orient ?

— De Russie, Maggie, rectifia une autre jeune fille.

— Ma foi, ça reste à l'Est, non ?

Ginger fronça les sourcils de contrariété. C'était des clientes qu'elle voulait, pas des lectrices de journaux à sensation.

— Nous avons reçu de nouvelles robes en provenance de New York. Mlle West se fera un plaisir de vous les faire découvrir au premier étage.

— Est-ce là-haut que cette dame est morte ?

— Il est vrai qu'un malheureux accident s'est produit chez nous hier soir. La police mène en ce moment son enquête. Je ne puis vous en dire plus que ce que vous avez déjà lu dans les journaux. Et maintenant, si notre nouvelle collection vous intéresse…

— Ah, je meurs d'envie de la voir !

— Marjorie !

— Oh ! je n'aurais pas dû employer cette expression… Ce n'est pas de mauvais augure, au moins ? Je ne vais pas mourir moi aussi dans cette boutique, n'est-ce pas ?

Ginger était à deux doigts de perdre patience.

— Je puis vous assurer que non, personne ne va mourir ici, déclara-t-elle avant de se figer.

Elle avait prononcé ces mêmes paroles devant Blake Brown, la veille.

Contrairement à ces jeunes bécasses, les dames de la « bonne société » étaient trop bien élevées pour se commettre dans une boutique où l'une des leurs venait d'être assassinée. Pour ne pas s'inquiéter outre mesure de l'absence de sa clientèle habituelle, Ginger alla s'occuper à l'arrière en compagnie d'Emma. Le nez sur le tissu, la styliste cousait avec application une robe de soirée pour lady Fitzhugh.

— C'est tellement plus facile de confectionner une robe aujourd'hui que ça ne l'était avant la guerre ! se réjouit-elle sans lever les yeux. Le métrage nécessaire pour les modèles actuels a pratiquement diminué d'un tiers. De dix-sept, on est passé à onze : six mètres de tissu en moins.

— Voilà pourquoi Mme Tout-le-Monde peut désormais se permettre d'être à la pointe de la mode, expliqua Ginger.

— C'est formidable !

— Je suis bien d'accord.

Ginger laissa errer son regard sur le grand cahier à dessin où s'étalaient les croquis d'Emma. Elle était décidément très douée.

Craignant que la jeune styliste se sente observée, Ginger alla faire un tour en haut.

Il n'était pas étonnant que le premier étage de Plumes & Styles fût devenu si populaire. Des robes en mousseline de soie d'une simplicité charmante s'y déclinaient en rose, en blanc ou en orchidée, chacune ornée d'une grande fleur à la hanche. On y trouvait aussi des modèles en crêpe Georgette : une courte cape formait les manches de la robe, relevée à hauteur de hanche par une rosette fantaisie – verte, bleu marine ou grise. Il y avait enfin des robes de soirée au drapé retenu par une bride à l'épaule gauche. Ces derniers modèles, en mousseline de soie, étaient richement rebrodés de sequins et de strass, dans des tons de gris ou d'orchidée.

Ginger aperçut un portant tout déséquilibré d'un côté. Le petit groupe de filles avait sûrement tout dérangé en fouillant parmi les modèles. Un châle, en particulier, pendait, à moitié décroché de son cintre. Alors que Ginger le remettait en place, son regard tomba sur un autre châle. En tulle blanc, celui-ci, orné de motifs égyptiens. Ginger le reconnut tout de suite. *Comment le châle d'Olga Pavlovna est-il arrivé là ?*

Tandis qu'elle présentait le tissu à la lumière, son œil fut attiré par un endroit plus foncé, le long d'une couture. Elle l'examina de plus près : c'était une mince poche qui avait été cousue le long de la bordure la plus épaisse. Du bout de l'ongle, Ginger en retira un petit rouleau de papier à cigarette, tout aplati. Elle le déplia. Il y avait quelque chose d'écrit dessus, une espèce de charabia : W533o 8h 849h 975 wt90@$

Ginger battit des cils. Ce griffonnage n'était pas du charabia. C'était un message en *code.*

— Lady Gold ?

Ginger se retourna. Absorbée par sa découverte, elle n'avait pas entendu Dorothy monter les marches.

— Oui ?

— Téléphone pour vous, madame.

Ginger glissa subrepticement le bout de papier dans sa poche et descendit, le châle sur le bras, jusqu'au comptoir où elle prit le combiné téléphonique.

Son cœur bondit en reconnaissant la voix de Basil Reed.

— Que puis-je faire pour vous, inspecteur principal ?

— Je dois aller interroger lord et lady Whitmore. Aimeriez-vous m'accompagner ?

Boss, pense à Boss, Boss, Boss.

— Mais très volontiers.

— Formidable. Je passe vous chercher dans une demi-heure.

— Et… inspecteur principal ? J'ai fait une découverte qui va sûrement vous intéresser.

II

À peine montée dans l'Austin de Basil, Ginger lui présenta le papier à cigarette.

Basil s'en saisit avec précaution et fronça les sourcils.

— Je l'ai trouvé dans la poche d'un châle, en haut, dans ma boutique.

— À qui appartient ce châle ?

— C'était celui de la grande-duchesse.

Basil lui lança un regard.

— Tiens donc…

— Oui. Mais cela ne veut pas dire que c'est elle qui l'a laissé là-haut. Un châle, c'est assez facile à dissimuler. Plié, il peut tenir dans un sac à main, voire dans la poche d'une veste de costume.

Basil plissa le front.

— Cette suite de chiffres et de lettres, qu'est-ce que cela signifie ?

— Je n'en sais rien. C'est du code.

Basil la dévisagea.

— Du code ? Comme dans les affaires d'espionnage ?

— Peut-être.

— Mais que faisait ce papier dans votre boutique ?

— Quelqu'un l'a placé là à l'intention de quelqu'un d'autre.

— Sauf que la grande-duchesse a été tuée avant d'avoir pu le récupérer.

— À moins que ce soit elle qui l'ait placé là à l'intention de quelqu'un.

— Mais pourquoi ce quelqu'un aurait-il tué la grande-duchesse, puisqu'ils étaient du même bord ?

Ginger plissa les lèvres.

— Il devait y avoir une tierce personne dans le coup. Quelqu'un qui était là pour empêcher les deux autres de communiquer.

— Je vais devoir confier ce papier au Yard, déclara Basil en démarrant. En espérant que quelqu'un pourra en déchiffrer le sens.

— Bien sûr…

Ginger, fine mouche, avait pris soin de recopier le message – le double était dans son sac à main.

— Pourquoi voulez-vous interroger les Whitmore ? s'enquit-elle pendant qu'ils roulaient.

Basil était-il au courant des agissements de lord Whitmore au sein des services secrets ?

— C'est lady Whitmore qui a téléphoné au Yard, elle désire nous parler.

— Vous voulez dire que c'est elle qui est à l'instigation de cet entretien ?

Basil opina de la tête.

— Auriez-vous une explication à cela ?

— Tout ce que je peux dire, répondit Ginger, c'est que lady Whitmore est connue pour être la pire langue de vipère de toute la haute société : c'est une informatrice régulière de la presse à scandale, ou plutôt une source « anonyme ».

— Une femme avide d'attention, donc ?

— On pourrait dire ça, oui.

— Assez pour tuer quelqu'un ?

Ginger se tourna vivement vers Basil.

— Seigneur, vous ne parlez pas sérieusement ?

— Pourquoi, c'est à mourir de rire ? Pardon pour ce mauvais jeu de mots, mais dans mon métier, j'ai déjà été confronté à des mobiles autrement plus légers. Diriez-vous que lady Whitmore était, hum… perturbée, hier soir ?

— Pensez-vous que ce soit la cause de sa subite indisposition ? Que c'était une ruse pour détourner l'attention du corps qui gisait de l'autre côté de la tenture ?

— Une ruse qui lui fournit également une sorte d'alibi.

Lord et lady Whitmore habitaient une maison à deux étages, aussi imposante que Hartigan House et située du même côté de Kensington, face à la propriété de Mme Schofield.

Basil désigna la façade en pierre calcaire, bien entretenue.

— C'est ici ?

— Oui.

Basil se gara contre le trottoir. Ginger jeta un coup d'œil à Hartigan House, mais rien ne bougeait là-bas. Mallowan Court était calme. La pluie décourageait les plus sages de sortir.

Basil appuya sur la sonnette. Le carillon à trois tons résonna de l'autre côté de la porte richement sculptée. Un majordome vint leur ouvrir.

— Je suis l'inspecteur principal Basil Reed et je vous présente lady Gold. Nous sommes attendus par lady Whitmore.

Le majordome les guida jusqu'au salon qui ressemblait beaucoup à celui de Hartigan House avant sa rénovation : bloqué à l'ère victorienne. Toutefois, pas le moindre grain de poussière n'entachait les boiseries qui rutilaient sous la douce lumière des bougies.

Lady Whitmore se leva pour les accueillir.

— Prenez un siège, je vous en prie. Maurice a apporté du thé et des biscuits.

Elle remplit trois tasses.

— Du sucre ?

Basil acquiesça. Ginger refusa.

— Rien de tel qu'une bonne tasse de thé par une journée aussi grise que celle-ci, déclara lady Whitmore.

— Lord Whitmore est-il là ? s'enquit Ginger.

Lady Whitmore émit un murmure désapprobateur.

— Non. Cet imbécile est parti pêcher à Canvey Island. Par ce temps ! J'espère qu'il ne va pas se noyer, ce vieux schnock !

Sa tentative d'humour la fit rire et elle but une gorgée de son thé.

Basil grignota un biscuit dont il fit compliment à lady Whitmore.

— Oui, Jones est une pâtissière hors pair. Doublée d'un véritable cordon bleu. Nous avons une chance folle de l'avoir.

— Une bonne cuisinière, c'est la clé du bonheur domestique, n'est-ce pas ? commenta aimablement Ginger.

— Assurément.

Basil balaya les miettes tombées sur ses genoux et les mit dans une petite assiette.

— Vous semblez bien remise, à ce que je vois ? dit Ginger.

— Oui, oui… confirma lady Whitmore d'un ton léger. Une petite grippe… J'espère que personne d'autre n'a été indisposé ?

— La princesse Sophia a également fait un malaise.

En son for intérieur, Ginger s'interrogeait : et si les deux femmes avaient été contaminées par quelque chose de plus sinistre que la grippe ?

— Lady Whitmore, nous pensons que vous détenez certains renseignements susceptibles de faire avancer l'enquête, déclara Basil.

— Ma foi, je ne pourrais l'affirmer… (Lady Whitmore but une gorgée de son thé.) Un meurtre est une chose compliquée, j'en suis certaine, mais après tout, sait-on jamais ?

— Le succès d'une enquête tient souvent à un fil, insista Basil. Alors, que pouvez-vous nous apprendre ?

Lady Whitmore se pencha vers lui avec avidité, visiblement ravie à l'idée d'avoir son petit quart d'heure de gloire.

— Le Blue Desire de la grande-duchesse était un faux !

Ginger et Basil échangèrent un bref regard empreint de déception. Cela, ils le savaient déjà.

Lady Whitmore poursuivit :

— Certes, dans le cas d'un bijou d'une telle valeur, il arrive souvent qu'on porte un faux quand on sort, mais je sais de source sûre que même cette réplique n'appartenait pas à la grande-duchesse.

— Et à qui donc appartenait-elle ?

— Ça, je l'ignore, inspecteur principal.

— Et votre source, comment est-elle au courant de ce fait ?

— Ah… Eh bien, elle-même le tient d'une autre source sûre. (Lady Whitmore lui adressa un grand sourire.) Un peu plus de thé ?

— Cela vous dérange si nous passons à Hartigan House ? demanda Ginger. J'ai quelque chose à récupérer dans ma chambre. Ce ne sera pas long.

— Pas le moins du monde.

— J'aurais dû prendre la Daimler, cela vous aurait épargné de me ramener à Regent Street. D'ailleurs, cela vous fait faire un trop grand détour. Je prendrai un taxi dès que j'aurai fini.

— Cela ne me dérange pas d'attendre, Ginger.

La manière dont il avait prononcé son prénom la fit flageoler sur ses jambes. Trop faible pour protester, elle se dirigea vers le portail de sa maison. La porte n'était pas fermée à clé et Basil la suivit à l'intérieur.

— Je vous en prie, installez-vous au salon et faites comme chez vous.

Basil, qui était souvent venu à Hartigan House, connaissait le chemin.

Ginger monta l'escalier à la hâte et ne reprit sa respiration qu'une fois la porte de sa chambre refermée. Boss dressa sa tête noire et blanche.

— Oh, Boss…

Elle le gratta derrière les oreilles en l'embrassant sur le front.

— C'est si simple d'être un chien ! Pas d'énigmes à résoudre, pas de peines de cœur à endurer.

Ginger n'avait pas vraiment quelque chose à récupérer dans sa chambre, à part ses esprits. Elle ôta ses souliers et remua les orteils avant de se rechausser. Une rapide inspection dans le miroir lui assura que les coutures de ses bas étaient droites. Elle donna un coup de brosse à son carré court, reforma les mèches qui encadraient ses joues, procéda à quelques retouches de maquillage et s'appliqua trois gouttes de parfum.

Oh, miséricorde... Pourquoi s'était-elle refait une beauté ?

Par professionnalisme, bien sûr. Cela n'avait rien à voir avec le bel homme qui l'attendait au salon et dont la seule présence lui faisait chavirer le cœur.

Elle souleva Boss et le serra contre elle avec facétie avant de le remettre à sa place, contre le pied du lit.

— Ah, si seulement les hommes pouvaient être aussi simples et fidèles que toi !

Mais il lui fallait vite rejoindre l'inspecteur principal qui patientait au salon.

— Navrée de vous avoir fait attendre.

Basil se leva.

— Je n'ai pas vu le temps passer. Et puis cela m'a permis de réfléchir à notre affaire.

— Et ?

— Je ne suis pas plus avancé, soupira Basil.

— Ginger, c'est vous ?

Felicia fit une entrée toute théâtrale dans la pièce.

— Oh, bonjour inspecteur principal ! Ginger, avez-vous des nouvelles d'Angus ?

Décidément, sa jeune belle-sœur ne se préoccupait que du sort d'Angus Green.

— Non, Felicia, vous m'en voyez navrée. En revanche, j'ai vu son père ce matin et il ne semblait pas du tout inquiet.

— C'est de M. Angus Green que vous parlez ? s'enquit Basil.

— Oui, répondit Felicia. Il fait partie de ma troupe de théâtre. Avez-vous des nouvelles de lui ?

— Eh bien, je ne m'occupe pas moi-même des personnes disparues, mais je suis au courant de l'affaire. Et je sais que ce matin encore, il n'y avait rien de nouveau.

Felicia s'effondra dans un fauteuil.

— Oh, mon Dieu…

— Je suis sûr qu'il n'est rien arrivé à M. Green, affirma Basil. Les jeunes gens, surtout ceux qui en ont les moyens, n'en font souvent qu'à leur tête, sans songer aux conséquences sur les autres.

Felicia croisa les bras sur sa poitrine, l'air fâché – les manches cloches de son chemisier en rayonne pendaient à ses minces poignets.

— Vous discréditez les personnes de ma condition, inspecteur principal.

— Il se trouve que c'est la mienne aussi, rétorqua Basil. Et je ne fais qu'énoncer une triste vérité : si le but de M. Green était de s'évanouir dans la nature, il y a foule de moyens d'y parvenir lorsqu'on a des relations et de l'argent.

— Mais pourquoi aurait-il fait une telle chose ? Il nous restait deux représentations à donner !

— Il s'est peut-être mis dans le pétrin, suggéra Ginger. Si c'est le cas, il aura choisi de se faire oublier. Une dette de jeu, peut-être…

— Ou des amours illicites, glissa Basil. Il se sera fait surprendre et…

Felicia rougit à cette idée.

Basil la considéra d'un air navré.

— Ce sont des choses qui arrivent.

— Felicia, ma chérie, je suis désolée de te parler ainsi, mais apparemment M. Green ne souhaite pas qu'on le retrouve. De toute façon, je ne suis pas la mieux placée pour ce faire. Je suis déjà bien trop occupée avec le meurtre qui a été commis dans ma boutique.

Felicia fit la moue.

— Je n'arrive pas à croire qu'il soit parti sans me prévenir.

Ginger s'abstint de révéler à sa petite belle-sœur ce que la pauvre était en train de découvrir par elle-même : certains hommes étaient des vauriens.

— Écoutez, les policiers continuent d'enquêter. Si jamais un indice peut les mettre sur la piste de M. Green, soyez sûre qu'ils le trouveront.

Felicia semblait déçue, mais pas excessivement malheureuse. Elle poussa un soupir, puis alla mettre un disque sur le gramophone et se pelotonna près du feu avec un livre.

Basil désigna la porte d'un signe de tête.

— Pouvons-nous y aller ?

— Cela vous ennuie si je prends Boss ? Il se tiendra à carreau, c'est promis.

L'inspecteur principal ne manifesta guère d'enthousiasme à cette perspective. Ginger n'ignorait pas l'antipathie qu'éprouvait Basil pour les représentants de la race canine, mais elle espérait que le petit Boss finirait par conquérir son cœur.

— Le trajet n'est pas bien long d'ici à mon automobile, ajouta-t-elle en guise d'encouragement.

L'inspecteur principal céda.

— Très bien.

L'Austin s'engagea dans West Carriage Drive. Ils traversèrent Hyde Park, avec ses arbres dénudés et ses pelouses brunies, puis prirent vers l'est en direction de Plumes & Styles. Comme promis, Boss ne bougeait pas, docilement assis aux pieds de sa maîtresse. Seul le grondement du moteur troublait le silence qui s'était installé entre Ginger et Basil. Même l'enquête ne fournissait pas suffisamment de matière à une conversation détendue.

Ginger tenta d'escalader le mur invisible qui s'était dressé entre eux.

— Si le faux diamant bleu n'appartenait pas à Olga Pavlovna, à qui était-il ?

— Bonne question, répliqua Basil sans quitter la route des yeux. Aucun vol ou disparition de bijou n'a été signalé.

— Le contraire m'eût étonnée. Les répliques ont beau être monnaie courante, pas une dame n'avouerait en posséder une, encore moins en porter. Nous sommes dans une impasse, à moins qu'on ne se mette à jaser dans les bonnes familles.

— N'y a-t-il pas d'autres commères que lady Whitmore dans la haute société ?

Ginger allait faire non de la tête, lorsque le nom de Mme Schofield lui vint l'esprit.

— Si, peut-être. Laissez-moi y réfléchir et je vous tiendrai au courant.

12

Ginger fit brièvement le point avec Mme Roux avant de repartir au volant de la Daimler, seule avec Boss. La circulation dans Londres l'obligeait comme tout le monde à sans cesse ralentir et accélérer, et à chaque changement de vitesse, la vieille automobile renâclait.

Ginger atteignit enfin sa destination : l'église Saint-George, dans la Cité de Londres.

— Nous y sommes, Boss.

À l'intérieur, le révérend Oliver Hill l'accueillit avec chaleur.

— Lady Gold ! C'est toujours un plaisir.

Les murs en pierre renvoyaient l'écho de leurs voix vers les hautes voûtes de l'église. Le prêtre tapota la tête de Boss.

— Bonjour, jeune homme.

Ginger posa son chien par terre et lui ordonna de s'asseoir. Boss s'exécuta, même si son petit bout de queue refusait de rester immobile.

— Si j'avais su que vous veniez, dit le prêtre, j'aurais demandé à Mme Davies de préparer du thé.

— Je suis passée sur un coup de tête, affirma Ginger.

Comme si sa visite n'était pas liée à Basil... Décidément, elle devenait de plus en plus forte pour se mentir à elle-même.

— Vous êtes toujours la bienvenue ici, lady Gold, vous le savez. J'espère de tout cœur compter au nombre de vos amis.

— C'est le cas, mon...

— Je vous en prie, appelez-moi Oliver.

— Très bien, Oliver. Dans ce cas, vous pouvez m'appeler Ginger.

— Ginger ? Je croyais que votre prénom était Georgia.

— C'est exact. En hommage à mon père, George.

Georgia Hartigan, née à Londres, c'était ce qui figurait sur son acte de naissance. De fait, bien qu'ayant grandi à Boston, dans le Massachusetts, Ginger se sentait viscéralement anglaise.

Elle désigna ses cheveux roux.

— Mais ma mère m'appelait Ginger et le surnom m'est resté.

Oliver éclata de rire.

— Mes frères m'appellent Poil de carotte ! Ginger, c'est bien plus joli.

Ginger partagea son hilarité.

— Je vous considère véritablement comme un ami, Oliver. J'ai beau être à Londres depuis déjà six mois, je ne m'en suis pas fait beaucoup d'autres. J'ai Haley, bien sûr, mais Mlle Higgins, je la connaissais déjà à Boston. Du coup, elle ne compte pas ! pouffa Ginger.

— Dans ce cas, c'est un honneur pour moi de figurer sur votre liste, mais je suis sûr qu'elle s'allongera très vite.

— Eh bien, ma boutique m'occupe beaucoup et je n'ai que peu de temps à consacrer au reste. Or pour se faire des amis, il faut savoir se rendre disponible, c'est normal.

— Allons dans la cuisine, proposa Oliver. Je suis tout à fait capable de vous préparer moi-même du thé.

— Voyez-vous un inconvénient à ce que Boss vienne avec nous ?

— Au contraire, j'aime beaucoup les chiens, à défaut d'en avoir un. Hélas, je n'aurais pas le temps de m'en occuper correctement sans négliger mes ouailles.

Ginger et Boss suivirent Oliver jusqu'à la cuisine. Au passage, Ginger admira le splendide vitrail représentant Jésus et ses saints qui éclairait la chaire de rayons rouges, jaunes et bleus.

La cuisine était simple, tant dans sa conception que dans son mobilier. Oliver débarrassa Ginger de son manteau. Elle s'assit à la table et ordonna à Boss de s'asseoir à ses pieds.

Oliver alla mettre la bouilloire à chauffer en sifflotant et en un rien de temps, le thé fut prêt – Oliver avait même réussi à dénicher quelques biscuits du commerce.

— Pas aussi bons que ceux qu'on fait à la maison, concéda-t-il, mais ils se laissent manger.

Ginger trouvait la franchise du prêtre rafraîchissante.

— Depuis combien de temps officiez-vous à Saint-George ?

Elle ne connaissait le révérend Hill que depuis deux mois et leurs conversations avaient toujours tourné autour des actions à mener en faveur des indigents. De là, ils s'étaient passionnés pour la création du Secours aux petits nécessiteux.

— Trois ans. Auparavant, j'étais à Canterbury. J'ai pris la suite de l'ancien prêtre lorsqu'il est parti à la retraite.

Comme ils s'étaient proclamés amis, Ginger se dit qu'elle pouvait lui poser une question plus intime.

— Pourquoi n'êtes-vous pas marié ?

Oliver, qui venait de prendre une gorgée de thé, faillit s'étouffer.

Ginger s'excusa, confuse.

— C'est peut-être un sujet trop intime…

— Non, pas du tout. En fait, mon célibat préoccupe beaucoup les paroissiens de Saint-George. Ou plutôt les paroissiennes.

Ginger se mit à rire.

— C'est bien naturel, vous feriez un beau parti ! Qu'est-ce qui s'oppose à un mariage ?

Oliver laissa passer quelques secondes avant d'énoncer d'un ton appuyé :

— C'est que je n'ai pas encore rencontré la dame qui me convient.

— Oh…

Une certaine gêne s'installa entre eux. Ginger, qui s'estimait pourtant perspicace, était prise au dépourvu par la déclaration à peine voilée d'Oliver. Le prêtre avait une figure avenante et une expression un peu enfantine, comme s'il avait toujours été protégé de la laideur du monde. Ginger n'avait pas l'habitude de voir ce genre de candeur chez un homme. Cela dit, malgré toute l'affection qu'elle avait pour le révérend Oliver Hill, jamais elle n'avait envisagé qu'il puisse être autre chose pour elle qu'un ami.

Il ne ressemblait en rien à l'aventureux Daniel ni au sérieux Basil.

Ginger se considérait comme une femme moderne : elle n'était pas de celles qui laissaient les traditions d'un système de classes bien enraciné gouverner leur cœur. Cependant, il lui était impossible de s'imaginer en femme de prêtre anglican. Or entre eux, il n'aurait su être question d'autre chose que de mariage.

Un tic se mit à agiter l'œil droit d'Oliver. Sans doute était-il conscient d'avoir commis un impair.

— Je vous prie de m'excuser, Ginger, je vous ai gênée par ma remarque.

— Non, non, tout va bien. Mon esprit me… Enfin…

Oliver devint cramoisi.

— Je vous prie, oubliez ce que je viens de dire.

Oh, miséricorde. Voilà qu'ils se retrouvaient coincés dans un cercle sans fin d'excuses et d'embarras.

— Donc ! lança Oliver, cherchant désespérément à changer de sujet : les cousins Elliot. Je crains de ne pas les avoir revus depuis votre dernière visite. À dire vrai, je me fais même un peu de souci pour eux.

— Ah ? fit Ginger, son soulagement se muant en vague inquiétude pour les deux garçons. Comment cela se fait-il ?

— Eh bien, ils sont plus ou moins livrés à eux-mêmes depuis le décès de leur oncle.

— Leur oncle est mort ? Scout ne m'en avait rien dit.

Mais, réfléchit Ginger, quand en aurait-il eu l'occasion ?

— Oui, il s'est éteint peu après Noël. Nous lui avons organisé un petit service funèbre à l'église.

Ginger poussa un soupir.

— Je regrette de ne pas l'avoir su.

— Je vous aurais appelée si j'avais connu votre amitié pour ces deux garçons.

— Habitent-ils toujours au même endroit ?

— Je crois bien.

— Avez-vous leur adresse ?

— Oui, tout est dans mon bureau. Je vais aller vous la chercher.

En attendant qu'il revienne, Ginger décida de boire tranquillement son thé, mais son esprit la ramenait sans cesse à des réalités dérangeantes : une grande-duchesse assassinée et un meurtrier dans la nature ; Angus, l'ami disparu de Felicia ; Scout et Marvin, ces malheureux orphelins ; le « choix » de Basil ; la bonté d'Oliver Hill et son affection malvenue.

Elle n'aurait su dire laquelle de ces pensées était la plus préoccupante.

Oliver revint avec entrain dans la cuisine, apparemment remis de sa déception. Il lui tendit un petit papier.

— Voilà leur adresse. Bien entendu, ils n'ont pas le téléphone.

Ginger se leva pour prendre congé.

— Merci, je vais tout de suite aller voir si je peux les trouver.

Oliver inclina la tête sur le côté pour plonger son regard dans le sien. Des paillettes d'or brillaient dans ses yeux verts, remarqua Ginger, troublée, et il la dévisageait avec une expression de profonde tendresse. Peut-être avait-elle été trop prompte à repousser son affection ?

Il prit enfin la parole.

— J'espère ne pas avoir gâché notre amitié par ma…

— Nullement ! s'empressa de répondre Ginger. Vous avez toujours été de bon conseil pour moi, en même temps qu'une immense source de réconfort. Notre amitié me sera toujours précieuse.

— Formidable !

Oliver se redressa et enfonça les poings dans les poches de son pantalon.

— C'est si gentil à vous d'être passée. Les petits Elliot sont bénis de vous avoir pour « ange gardien ».

— Cela vaut dans les deux sens. En tout cas, si jamais l'un d'eux a des ennuis, je vous prie de me le faire savoir.

Oliver l'aida à remettre son manteau bordé de fourrure.

— Je n'y manquerai pas.

Ginger resserra le manteau à sa taille, ajusta ses gants, puis sourit à Oliver.

— Merci pour le thé.

— Avec grand plaisir.

Ginger se tapota la jambe en appelant Boss.

Oliver les raccompagna jusqu'à l'entrée latérale de la cuisine.

— Prenez soin de vous, Ginger.

— Vous aussi, Oliver.

Ginger lui fit au revoir de la main avant de monter dans son automobile. Boss prit place sur le siège du passager.

Ginger, qui manquait d'expérience dans la conduite à gauche, avait tendance à s'égarer vers la droite dès qu'elle pensait à autre chose. Il fallut un violent coup de klaxon de la voiture d'en face pour qu'elle s'aperçoive qu'elle avait franchi la ligne médiane. Elle sursauta et donna un brusque coup de volant à gauche. L'accident avait été évité de justesse. Le cœur battant à tout rompre, elle resserra sa prise sur le volant, forçant son esprit à se concentrer sur la route.

Elle se gara en face de chez Scout et Marvin. L'endroit était délabré. Le désespoir l'envahit.

— Oh, Scout…

Elle frappa à la porte. En l'absence de réponse, elle recommença. Les garçons étaient-ils sortis ? Si oui, où étaient-ils allés ? Pas à l'école, certainement. Son cœur se serra en songeant aux sombres perspectives qui les attendaient. Elle ne demandait qu'à les aider, mais jusqu'ici, les deux cousins avaient refusé sa main tendue. Elle avait même proposé à Scout de venir habiter chez elle – peine perdue. Cela dit, son oncle était encore en vie, à l'époque. En dehors de Marvin, Scout n'avait plus aucune famille, du moins à sa connaissance.

— Scout ? lança-t-elle d'une voix forte. C'est Mme Gold !

Quand elle avait rencontré le jeune Scout à bord du *Rosa*, elle ne s'était pas présentée sous son titre – elle ne l'employait jamais à Boston. Pour l'enfant, elle était donc Mme Gold.

Ginger patienta. La porte était trop mince pour avoir amorti le son de sa voix… Boss, qu'elle avait mis en laisse, se mit à geindre.

On tira un verrou et le nez de Scout apparut dans l'entrebâillement de la porte.

— C'est vous, m'dame ?

— C'est moi. Puis-je entrer ?

Scout jeta un regard nerveux autour de lui.

— Tout va bien, Scout. Tu as le droit de laisser entrer tes amis.

— C'est qu'il y a un peu de désordre, m'dame.

— Je te promets de ne pas regarder.

Scout ouvrit la porte en grand et la laissa entrer. L'unique pièce était aussi négligée que l'extérieur. Petite et crasseuse, elle sentait le moisi, la poussière et la maladie, bien que M. Elliot fût mort depuis un mois. Dans l'évier s'entassaient des assiettes sales. Avaient-ils seulement l'eau courante ? se demanda Ginger. Des couinements suraigus s'échappaient de l'intérieur des murs… des souris, voire des rats. Elle fit comme si de rien n'était.

— Oh, vous avez amené Boss !

Scout tomba à genoux sur le sol dégoûtant et serra le petit chien dans ses bras. Boss lui répondit par un déluge de baisers mouillés.

— Il se souvient de moi !

— Bien sûr qu'il se souvient de toi.

Se remémorant ses bonnes manières, Scout se releva et regarda Ginger droit dans les yeux.

— Comment que je peux vous aider, m'dame ?

— Je suis venue voir comment tu allais, Scout. J'ignorais que ton oncle était décédé.

Le petit garçon se dandina en regardant le bout de ses chaussures au cuir éraflé. La droite était trouée à l'orteil.

— Ouais, c'est triste. Mais avec Marvin, on s'en sort plutôt bien.

— Assez pour payer le loyer ?

— On trouve toujours des petits boulots.

— Et votre propriétaire, comment est-il ?

Scout continuait de fuir le regard de Ginger.

— Correct.

Ginger sentit que Scout préférait se taire. Par prudence, sans doute. Dans ce genre de quartier, les propriétaires avaient la réputation d'être mauvais.

— Vous allez à l'école ?

Scout plissa le nez.

— Nan. On n'aime pas apprendre dans les livres.

— Mais… objecta Ginger avant de s'interrompre.

Elle aurait une conversation là-dessus avec Marvin. Après tout, c'était lui, le tuteur de Scout, désormais.

— Scout, mon chéri, tu pourrais venir vivre chez moi… Tu y serais en sécurité, au chaud, et tu mangerais tous les jours à ta faim.

— Faudrait que je prenne des bains ?

Ginger ne put s'empêcher de pouffer devant l'aversion de l'enfant pour l'eau.

— De temps en temps, mon chéri.

— Nan, m'dame. Je pourrais pas laisser Marvin. Il a besoin de moi.

— Oh, mon cher petit…

C'était triste à dire, mais Scout était mieux là qu'à l'usine. Ginger regrettait de ne pouvoir extraire l'enfant de cette gangue de désespoir.

Mais si elle agissait contre son gré, il risquait d'être furieux et de se retourner contre elle. En outre, elle était trop souvent absente de Hartigan House. Déjà qu'elle se sentait coupable de laisser Boss seul à la maison, elle n'allait pas se charger en plus d'un enfant rebelle.

Scout, toujours aussi intuitif pour son jeune âge, lui décocha son sourire aux dents tordues.

— Ça ira, m'dame. Vous faites pas de mouron pour moi.

Ginger répugnait à le laisser là tout seul, sous la responsabilité d'un enfant plus grand. Un gentil petit garçon comme Scout aurait dû être élevé par un père et une mère.

— Au fait, vous cherchez toujours votre comédien ? s'enquit-il en plissant son petit front. Parce qu'il est pas venu traîner ici. Personne l'a vu dans le quartier.

— Oh, j'avais oublié que je t'avais demandé d'ouvrir l'œil au cas où. Ne t'inquiète pas, ce n'est plus nécessaire.

— Vous l'avez retrouvé, le gars ?

— J'ai cessé de le chercher.

L'enfant la regarda, effondré.

— Ça veut dire que vous voulez qu'on vous rende votre argent ?

— Grands dieux, non ! C'est moi qui t'ai demandé ce service. Cet argent t'appartient.

Le cœur de Ginger se serra en voyant le soulagement se peindre sur le visage du petit garçon. Il portait un trop lourd fardeau pour son âge ! Elle se retint de le prendre sous son bras et de s'enfuir avec lui.

— Quand Marvin va-t-il rentrer ?

— Je sais pas, m'dame.

— Écoute, si jamais vous avez des ennuis, dis-lui d'aller trouver un agent de police pour qu'il me téléphone, d'accord ?

— D'accord, m'dame.

Ginger tira sur la laisse de Boss et se tourna vers la porte.

— Je dois m'en aller, Scout. Mais n'oublie pas ce que je t'ai dit. Au revoir.

L'enfant se précipita vers Boss pour le gratter une dernière fois derrière les oreilles.

— Au revoir, mon vieux.

Ginger fit démarrer la Daimler qui partit en toussotant. Quelques mètres plus loin, elle vit un groupe de garçons plus âgés parmi lesquels elle reconnut Marvin.

Ils avaient l'air de préparer un mauvais coup, songea-t-elle avec inquiétude. Lorsqu'il l'aperçut, Marvin écarquilla les yeux et au lieu de venir la saluer, il dit quelques mots à ses camarades qui s'égaillèrent entre les rangées de maisons identiques.

Oh, mon Dieu, que trafiquait donc ce gamin ?

Ginger ralentit, s'arrêta et baissa la vitre :

— Marvin !

Que faire, lui courir après ? Un seul regard à ses escarpins – bout pointu et talon de cinq centimètres – la convainquit du caractère imprudent de l'entreprise.

13

Ginger revint à Plumes & Styles pour emprunter le tableau à chevalet sur lequel Emma esquissait ses créations. Une fois de plus, Mme Roux la rassura : elle était parfaitement capable de faire la fermeture de la boutique et d'ailleurs, tout se passait très bien. « Pas de cadavres pour aujourd'hui », plaisanta-t-elle. Serait-ce désormais la définition d'une bonne journée ? s'interrogea Ginger avec angoisse.

De retour à Hartigan House, elle installa le chevalet près de la cheminée. Lizzie lui apporta du thé et entreprit de lui faire le compte rendu des affaires de la maison.

— La lady douairière Gold s'est retirée de bonne heure, Mlle Higgins n'est pas encore rentrée de la faculté de médecine et Mlle Gold est sortie.

— Sortie ?

— Elle n'a pas dit où, madame, mais c'est un de ses camarades de théâtre qui est venu la chercher.

— À quoi ressemblait-il ?

— Il était à peu près de votre taille, je pense, avec des cheveux châtain clair, des lunettes et une moustache.

— Cela ressemble à M. Haines.

— C'est ça ! J'ai entendu Mlle Gold prononcer ce nom-là.

— Mlle Gold a-t-elle dit ce qu'elle comptait faire ?

— Seulement qu'ils allaient au théâtre pour préparer des auditions.

Ginger s'assit dans son fauteuil préféré, le plus proche de l'âtre, et se tapota la jambe pour que Boss saute sur ses genoux. Ils s'installèrent confortablement tous les deux. Ginger but son thé à petites gorgées en regardant la feuille blanche du tableau à chevalet.

Quand la théière fut vide, elle déposa Boss à côté d'elle et alla tracer au crayon à papier un cercle au milieu de la feuille. À l'intérieur, elle inscrivit « Grande-duchesse » et ajouta dessous en cursive : *réfugiée russe.*

Puis elle fit partir six rayons du cercle central, au bout desquels elle dessina un autre cercle. Un par un, elle entreprit de les remplir selon le même principe : « Lady Isla Lyon », *kleptomane* ; « Lord Lyon », *mari protecteur* ; « Princesse Sophia », *ennemies territoriales* ; « Lord Whitmore », *agent des services secrets britanniques* ; « Comtesse Andreea Balcescu », *insaisissable.*

L'idée que lady Lyon puisse être coupable était peut-être fausse. Cette dame brûlait-elle de posséder le Blue Desire au point de briser la nuque de la grande-duchesse ? Ginger avait beaucoup de mal à imaginer la délicate lady en train de commettre un acte d'une telle violence, d'autant que la grande-duchesse lui avait paru plutôt solide. Peut-être était-ce son mari qui l'avait tuée, justement pour protéger sa femme.

À moins que la princesse von Altenhofen ne fût une espionne allemande. Avait-elle fait taire la grande-duchesse parce qu'elle était au courant de ses agissements en Russie ? Si oui, que recouvraient ces agissements ? Des secrets qui ne devaient surtout pas tomber entre les mains des Britanniques ? La princesse avait-elle simulé une indisposition afin d'éviter les soupçons ? Et le malaise de lady Whitmore, alors ? La princesse lui avait-elle mis quelque chose dans son thé, histoire de rendre encore plus crédible son propre évanouissement ?

Lord Whitmore nourrissait-il des inquiétudes du même ordre que celles de la princesse ? Mais en sens inverse ? Craignait-il que de dangereux secrets tombent entre les mains des Russes ? Avait-il agi pour l'éviter ?

Et où venait se greffer la comtesse roumaine dans tout cela ? Ginger l'aurait écartée de la liste des suspects si la dame ne s'était pas volatilisée.

De toutes les façons, cette affaire était bien plus complexe qu'un simple vol de bijou.

Ginger se remémora le déroulement du gala. Rien de ce qui s'était passé ce soir-là ne lui avait échappé. Stimulée par l'adrénaline, exaltée par l'événement, elle avait veillé à ce que personne ne s'ennuie. Ses yeux parcouraient sans cesse la foule des invités, ses oreilles saisissant au vol leurs conversations. Aimaient-ils ce qu'ils voyaient chez Plumes & Styles ? La boutique correspondait-elle à l'image qu'en avaient donnée les potins et les journaux ?

Elle fronça le nez et après réflexion, ajouta un autre rayon au cercle central. Dans le petit cercle, elle inscrivit « Lady Fitzhugh et Meredith Fitzhugh ». On avait peine à considérer la pauvre et terne Meredith comme suspecte, mais Ginger avait surpris son regard lorsqu'il s'était posé sur Olga Pavlovna : dans ses yeux, elle avait lu de la haine. Meredith était une fille lourde et robuste, dotée de larges mains. Sous son nom, Ginger ajouta en cursive : *jalousie.*

Elle se rassit dans le fauteuil et Boss revint sur ses genoux. Il fit un tour sur lui-même avant de se mettre en boule. Ginger continuait de fixer le chevalet du regard. Elle passait à côté de quelque chose, mais de quoi ?

Le carillon de la porte retentit. Ginger entendit le murmure de Pippins qui répondait, mais elle ne put saisir l'identité du visiteur. Le vieux majordome ouvrit la porte du salon et annonça :

— L'inspecteur principal Reed.

Ginger allait chasser Boss pour se lever, mais Basil l'arrêta d'un geste.

— Je vous en prie, ne vous dérangez pas pour moi.

— Très bien. Voulez-vous boire un verre ?

— Ma foi, oui, très volontiers.

— Pips, soyez un ange : un gin tonic pour l'inspecteur principal.

Ginger connaissait les goûts de Basil pour avoir déjà pris des cocktails avec lui.

Le majordome acquiesça de la tête.

— Prendrez-vous quelque chose, madame ?

— Un verre de vin, je vous prie.

Basil contemplait le chevalet avec un mélange de surprise et d'admiration.

— Je vois que vous n'avez pas chômé…

— Oui, enfin… j'ignore si j'ai beaucoup progressé.

Elle ôta sa bague en jade, la seule qui ornait ses doigts, et se mit à jouer avec. Cadeau de son père, la pierre sculptée de motifs floraux était sertie d'or et de minuscules brillants.

— Tout est tellement embrouillé, poursuivit-elle. Chacun avait le moyen et l'occasion d'agir. Mais… le mobile ?

Pippins leur apporta leurs verres sur un plateau avant de se retirer discrètement.

— Dans un lieu public comme votre boutique de vêtements, il est pratiquement impossible de relever des empreintes et vu que ce soir-là l'entrée était libre, ça pourrait être n'importe qui : un fou ou une dame, quelqu'un venu de la rue. Je l'avoue, pour l'instant, Scotland Yard a fait chou blanc.

— Pas de chance avec le code, donc ?

— Jusqu'ici, non. Nous ne pouvons même pas affirmer que ce message a quelque chose à voir avec le crime. Il pourrait n'y avoir aucun lien avec notre affaire.

Ginger hocha la tête, mais au fond d'elle-même, elle n'en croyait rien. Pas avec la présence de lord Whitmore et de nombreux invités de toutes nationalités. Elle déposa Boss par terre et le petit chien alla s'installer à son endroit préféré, sur le tapis devant l'âtre.

Ginger sortit la copie qu'elle avait faite du message codé et l'écrivit sur le chevalet : W533o 8h 849h 975 wt90@$.

— W pourrait-il signifier Poids[1] ? réfléchit Basil. H Hauteur, T Temps ? Peut-être les coordonnées d'un lâcher de bombe ?

— Espérons que non ! N'avons-nous pas fait la dernière guerre pour mettre fin à toutes les guerres ?

Basil haussa les épaules.

1. W pour *weight* qui signifie « poids » en anglais.

— Les lettres représentent peut-être des chiffres et inversement, suggéra Ginger. Du coup, W voudrait dire 23. (Elle inscrivit le nombre sous la lettre.) 533 serait ECC et o, 15.

— Un verset de la Bible ? hasarda Basil. « Ecc » est l'abréviation pour l'Ecclésiaste. Avez-vous une Bible, sous la main ?

— Oui, mais s'il y a plus de douze chapitres, ce n'est pas l'Ecclésiaste, c'est forcément l'Ecclésiastique, un livre apocryphe. (Ginger désigna la bibliothèque.) En bas à droite. Dans cette Bible, vous trouverez les Apocryphes.

Basil alla chercher le gros livre relié de cuir et se mit à le feuilleter.

— « L'Ecclésiastique 23, 15. Un homme accoutumé aux paroles d'opprobre ne se réformera de sa vie. »

Ginger plissa le front.

— Des paroles d'opprobre.

— Exprimant le mépris ou la critique.

— Qu'est-ce que cela pourrait signifier ? s'interrogea Ginger. Pensez-vous que cela fasse référence à quelqu'un en particulier ?

— Je n'en sais rien.

— Le mot « réforme » pourrait faire référence à la révolution russe, réfléchit Ginger. Après tout, c'est une aristocrate russe qui a été assassinée.

— Admettons cette théorie. Qui aurait eu intérêt à recevoir ce message ? Et qui aurait voulu l'envoyer ?

Ginger reporta son regard sur le chevalet.

— Nous oublions le reste du code. Si on lui applique le même système, on n'obtient rien. 8h serait H8. Et 849h… HDI8. Cela n'a aucun sens.

Basil finit son verre et le posa sur le buffet. Puis, il se tourna vers Ginger et sonda son regard de ses beaux yeux noisette.

— Ginger.

Elle se figea, devinant ce que Basil s'apprêtait à lui dire.

— C'est inutile, dit-elle doucement.

— Je ne suis pas de cet avis. Écoutez, je sais que vous ne voulez pas en parler, mais moi, je dois le faire. J'ai bien conscience de vous avoir induite en erreur. Mais si je vous ai amenée à croire que mon affection pour vous allait au-delà de la simple amitié, c'est parce que, justement, c'est la vérité. Je n'ai pas joué avec vos sentiments. Jamais je ne ferais une chose pareille.

— Je vous intéresse donc ?

— Oui.

— Mais ?

Ginger voulait des explications. Car si Basil n'avait pas été trompé par sa femme, s'il n'avait pas été séparé d'elle depuis si longtemps, jamais elle ne lui aurait ouvert son cœur.

Basil poussa un profond soupir.

— Emelia est ma femme. Nous sommes mariés depuis *onze* ans. Elle a imploré mon pardon : je suis obligé de lui laisser une seconde chance.

Ginger avait le cœur en miettes. Tout était de sa faute. Même si Basil avait évoqué l'imminence de son divorce, il n'en restait pas moins un homme marié. Elle le savait depuis le début.

Et s'il voulait respecter ses engagements envers son épouse, c'était tout à son honneur.

Elle se força à sourire.

— D'accord. Je comprends.

Basil baissa la tête.

— Je ferais mieux de partir.

Ginger le raccompagna jusque dans le vestibule.

— Nous pouvons rester bons amis, proposa-t-elle en lui tendant la main, comme un rameau d'olivier.

Basil s'en saisit avec un soulagement manifeste.

— Amis.

14

Sitôt qu'elle entendit Haley rentrer de la faculté, Ginger remplit deux verres en cristal de sherry. Haley, reconnaissante, but une gorgée du sien avant de s'effondrer sur le canapé du séjour.

— Dure journée ? s'enquit-elle avec curiosité.

— Disons plutôt, intéressante.

Sur ce, Ginger entreprit de lui raconter comment s'étaient passés les interrogatoires de lady Lyon et de la princesse von Altenhofen, menés conjointement avec Basil. Enfin, elle lui apprit que ce dernier venait de partir, sans toutefois parler à son amie de la déclaration qu'il lui avait faite. Certaines choses relevaient de l'intime et exigeaient d'être gardées précieusement, tout au fond du cœur.

— Je suis très inquiète au sujet de Scout, soupira-t-elle.

Haley compatit.

— Au moins, il vous a, vous et le soutien que vous lui apportez avec le révérend Hill.

Ginger piqua un fard au souvenir de ce moment particulièrement gênant avec Oliver. Qui aurait cru que cette journée serait celle des déclarations d'amour ? Elle s'empressa de boire une gorgée de sherry afin de ne pas croiser le regard aigu de Haley.

Son amie désigna le chevalet d'un signe de tête.

— Ce schéma vous a-t-il aidée ?

— Pour l'instant, non. Il s'agit d'une affaire très déroutante.

Haley croisa les jambes tout en rajustant ses bas au niveau de la cheville.

— Elle n'a rien de simple, c'est certain.

Ginger étouffa un bâillement. Elle était épuisée, tant au point de vue physique que moral.

— Bon, assez parlé de moi, déclara-t-elle. Comment s'est passée votre journée ?

— Oh, des cours magistraux, principalement.

— Ennuyeux ?

Haley s'anima, ravie de changer de sujet.

— Dans le domaine de la médecine, rien ne m'ennuie ! Mais il est vrai que je préfère de loin les travaux pratiques. Manier le scalpel.

— Je suppose que le Dr Watts ne fait plus autant appel à vous, maintenant qu'il a le Dr Gupta pour le seconder.

— Le Dr Watts préfère travailler avec le Dr Gupta, bien sûr. Je regrette de ne plus avoir sa faveur.

— Eh bien, il va vous falloir gagner celle du Dr Gupta.

— Vous avez peut-être raison, répondit Haley, le regard perdu dans le vide.

Ginger se mit à pouffer. Haley lui fit les gros yeux.

— Dans l'intérêt de ma formation professionnelle, Ginger, rien de plus.

— Je n'insinuais pas autre chose, répliqua cette dernière, le regard malicieux.

— À propos de votre affaire, reprit Haley. Comment expliquez-vous les évanouissements dont ont été prises les deux femmes présentes à votre gala ? L'inspecteur principal a-t-il une théorie là-dessus ? Ou vous-même ?

— Lady Whitmore attribue le sien à la grippe. Quant à la princesse Sophia, elle n'y a pas fait allusion. Au début, je pensais que leurs malaises étaient sans lien avec le meurtre, mais à présent, je n'en suis plus trop sûre.

— Qu'est-ce qui vous a fait changer d'avis ?

— J'ai eu le temps d'y réfléchir.

Ginger se tapota les lèvres de son ongle impeccablement manucuré.

— Voyez-vous, ces deux incidents ont fourni à quelqu'un la possibilité de se glisser à l'étage sans être vu.

— La grande-duchesse aurait donc mis quelque chose dans le verre de la princesse, déduisit Haley. Il est clair qu'elle et la princesse ne s'aimaient pas. Du coup, si la grande-duchesse ne cherchait qu'à faire diversion, pourquoi en effet ne pas choisir comme victime quelqu'un qu'elle détestait ?

— Précisément. Mais si la grande-duchesse a profité de ce moment pour aller déposer son châle à l'étage, pourquoi se serait-elle donné la peine d'empoisonner une seconde personne ? Et pourquoi lady Whitmore ?

Haley pinça les lèvres.

— Je n'en sais rien.

— Sauf si une autre personne avait besoin de se ménager elle aussi une diversion afin de contrecarrer les plans de la grande-duchesse : la soudaine indisposition de lady Whitmore a empêché lord Whitmore d'aller récupérer le châle à l'étage.

Haley posa son verre sur ses genoux et hocha la tête.

— Vous n'étiez donc pas la seule ce soir-là à savoir que lord Whitmore travaille pour les services secrets britanniques.

— C'est une hypothèse à envisager.

Des voix résonnèrent dans le vestibule et Felicia fit irruption dans le séjour. Elle était accompagnée d'un de ses camarades, Matthew Haines, le gentleman qui jouait le détective dans *Simulacre.*

— M. Haines ! le salua Ginger. Bonsoir.

Le regard de Matthew Haines se posa sur le chevalet ; Ginger se leva précipitamment pour s'interposer entre le schéma et lui.

— Voulez-vous boire quelque chose ? lui demanda-t-elle d'un ton léger.

Matthew se tourna vers Felicia qui hocha la tête.

— Je m'en occupe. Qu'est-ce que vous prendrez ?

Il la suivit jusqu'au buffet. Ginger en profita pour arracher la feuille qu'elle glissa, pliée en quatre, sous son fauteuil. Haley la regarda faire avec approbation.

Felicia et son ami revinrent vers elles, un verre à la main. Matthew Haines tenait le sien de la main gauche, remarqua Ginger.

— Êtes-vous né à Londres, monsieur Haines ? s'enquit-elle.

Elle se doutait que non, mais elle n'arrivait pas à définir son accent.

— Non, je suis un immigré. Russe, plus exactement. Mais je ne m'en vante pas, par les temps qui courent… Le climat politique reste tendu.

— Matthew et Haines sont pourtant des noms anglais…

— C'est ma mère qui est russe. Elle, elle m'appelle Matvei. Mon beau-père, en revanche, est anglais jusqu'à la moelle.

Boss se leva et, sans se presser, sauta sur les genoux de Ginger.

— Monsieur Haines, que saviez-vous de la grande-duchesse ?

Matthew Haines haussa une épaule.

— C'est-à-dire que je n'ai jamais eu grand-chose à faire avec la noblesse russe… Qui plus est, ces gens-là se reproduisent entre eux – sans vouloir vous offenser, lady Gold. Moi, je ne suis qu'un type banal qui doit travailler pour gagner sa croûte.

— Je vois.

Ginger se tourna vers Felicia. Visiblement d'excellente humeur, sa belle-sœur croisa les jambes et se mit à faire tressauter celle du dessus comme à chaque fois qu'elle cherchait à attirer l'attention du sexe opposé. Et comme à chaque fois, le stratagème fonctionna : Matthew était hypnotisé par son mollet joliment galbé.

Ginger s'éclaircit la voix.

— Et quels sont vos projets, à présent ?

Felicia lui sourit.

— Maintenant que M. Maguire a laissé tomber *Simulacre*, le metteur en scène a d'ores et déjà commencé à faire passer des auditions pour la prochaine pièce. M. Haines et moi allons chacun apprendre notre texte : j'ai décidé de me présenter pour le premier rôle féminin.

Matthew Haines se frotta la moustache et se remonta les lunettes sur le nez avant d'adresser un sourire plein de malice à Felicia.

— Et si moi aussi j'ai envie de passer l'audition pour le premier rôle féminin ?

Felicia gloussa.

— Ne soyez pas ridicule, voyons.

— Et pourquoi pas ? Du temps de Shakespeare, les rôles féminins étaient également tenus par des hommes.

Matthew bondit de son fauteuil et s'empara du châle et du chapeau cloche de Felicia dont elle s'était débarrassée sur une chaise. Il se noua le châle autour de la taille à la manière d'une jupe et se coiffa du chapeau.

— M. Haines ! s'écria Felicia, ravie.

Le séjour s'emplit de rires.

— Je suis Mme Plum, annonça Matthew d'une voix de fausset qui faisait parfaitement illusion. Je suis venue vous chiper le premier rôle féminin.

Felicia entra dans son jeu.

— Je crains que votre moustache ne soit un obstacle, madame…

Matthew se caressa la lèvre supérieure.

— Ah, c'est vrai. Cette malheureuse chose est héréditaire, chez nous. Ma grand-mère s'était tricoté une écharpe après avoir rasé la sienne.

Felicia hurla de rire.

Ginger et Haley applaudirent la saynète tandis que Matthew ôtait ses accessoires.

— Très réussi, monsieur Haines.

Il salua son public.

— Felicia, vous feriez bien de vous mettre au travail sans tarder, si vous voulez avoir une chance de décrocher le rôle, plaisanta Ginger.

Felicia pouffa.

— C'est ce qu'on dirait, oui !

— Vous plairait-il de répéter dans cette pièce ?

Felicia se leva pour rassembler ses affaires.

— Non, merci, nous nous installerons au salon. L'acoustique y est meilleure.

Matthew Haines finit son verre et le posa sur la table. Ginger tiqua. Il avait des égratignures aux mains.

Elle pointa l'index dessus.

— Vous avez rencontré un chat ? s'enquit-elle avec un sourire.

Le jeune homme fit mine d'examiner ses griffures.

— Ça ? Non, c'est seulement la preuve de ma maladresse. J'ai proposé à l'un des machinistes de l'aider à déplacer un décor. Le fichu truc est tombé par terre. Pourtant, mes intentions étaient pures…

Les deux jeunes gens quittèrent la pièce dans la bonne humeur.

Haley arqua un sourcil.

— Quel numéro…

— Felicia semble éprise de M. Haines, commenta Ginger, la mine sombre.

Sa jeune belle-sœur avait pris la mauvaise habitude de jouer avec les sentiments des hommes. C'était un cycle de séduction, de rendez-vous, puis d'ennui croissant qui se soldait souvent par un triste soupirant éconduit. Combien de temps faudrait-il pour que M. Haines pleure dans sa soupe, c'était la question.

15

Le lendemain matin, Pippins toqua discrètement à l'encadrement du petit salon où Ginger et Haley prenaient leur petit déjeuner.

— Madame, un gentleman demande à vous voir.

Le cœur de Ginger fit un bond. *Est-ce Basil ?* Ce maudit homme avait le don de lui donner des palpitations !

— Un certain superintendant Morris, madame. De Scotland Yard. Il souhaiterait également voir Mlle Higgins.

Haley lança un regard intrigué à Ginger. Elle s'essuya les lèvres avec sa serviette en lin et suivit son amie jusque dans le séjour. Boss ne tarda pas à les rejoindre.

Ginger n'avait jamais rencontré le superintendant Morris. Elle n'avait que brièvement entendu parler de lui par Basil qui, à chaque fois que ce nom surgissait dans la conversation, se hâtait de changer de sujet.

— Superintendant, quelle surprise !

L'homme qui venait d'entrer affichait des mensurations extraordinaires, de stature comme de circonférence. Son trench trop serré aux emmanchures s'ouvrait sur un gilet dont les boutons semblaient prêts à sauter. Ginger lui serra la main.

— Prenez place, je vous en prie.

— Non, non, non. Si vous n'y voyez pas d'inconvénient, je préfère rester debout.

Il s'adressa à Haley.

— Vous devez être mademoiselle Higgins ? Votre tenue d'étudiante et votre âge me le font supposer.

Il inclina légèrement la tête, comme s'il venait d'exécuter un tour de magie destiné à prouver ses dons de déduction.

Haley, offusquée, ne répondit pas.

Le superintendant promena son regard autour de lui, s'attardant un instant sur le tableau de la *Sirène* au-dessus de l'âtre, comme tous les hommes qui entraient pour la première fois dans cette pièce. Ses sourcils se froncèrent lorsqu'il vit la feuille vierge sur le chevalet et Ginger se félicita d'avoir caché le schéma de son enquête.

Les deux amies s'assirent et de nouveau, Ginger invita le superintendant à se mettre à l'aise.

— Je vous en prie, prenez un siège.

— Je préfère rester debout si cela ne vous dérange pas.

— Comme il vous plaira. En quoi pouvons-nous vous être utiles ?

— Bien, bien, bien… Voyons voir. Vous étiez présente à la soirée de, comment déjà… ? Ah oui, Plumes & Styles ! (Il éclata de rire.) Au début, j'ai cru qu'il s'agissait d'une papeterie.

Ginger se rembrunit.

— Vous me confirmez que vous y étiez bien présente ? répéta le superintendant Morris.

— Oui, évidemment. Plumes & Styles est ma boutique. C'est moi qui ai organisé ce gala et qui en ai fait la réclame.

— Et vous, Mlle Higgins, vous y étiez aussi ?

Haley, qui avait déjà été officiellement entendue par la police en qualité de témoin, dévisagea le superintendant avec sévérité.

— En effet.

Morris se tourna vers Ginger.

— Lady Gold, comment expliquez-vous que certaines personnes soient venues à votre soirée sans y avoir été formellement invitées ?

— Nous avons fait la publicité du gala auprès de nos clientes par le biais d'invitations personnelles, mais aussi dans les journaux. Tout le monde était libre d'y assister.

— Je vois. Autrement dit, vous ne connaissiez pas la grande-duchesse ?

— Non. Je l'ai rencontrée pour la première fois ce soir-là.

Le superintendant se mit à arpenter le tapis persan. Boss, couché à sa place, près de l'âtre, leva la tête et émit un grognement étouffé.

— Mademoiselle Higgins, diriez-vous aussi que vous ne connaissiez pas la grande-duchesse, ni une certaine dame du nom de Mary Parker ?

Haley fit un geste de dénégation.

— Non, je ne la connaissais pas. Était-ce son véritable nom ? Qu'est-ce qui vous porte à croire que j'aurais pu la connaître ?

— Elle a passé un certain temps en Amérique.

— J'ai moi-même passé vingt ans en Amérique, intervint Ginger, et c'est la première fois que j'entends prononcer ce nom.

Morris porta son gros doigt à sa lèvre inférieure, l'air pensif.

— Fort bien, fort bien…

Arrivé au milieu du tapis, il fit volte-face et dévisagea Ginger d'un air méfiant.

— Bien sûr, si vous l'aviez connue, vous ne me le diriez sans doute pas, n'est-ce pas, madame Gold ?

Ginger nota que Morris avait omis de lui donner son titre. Elle soutint son regard d'un air sévère.

— Et pour quelle raison ne vous dirais-je pas la vérité ?

— Est-il vrai que vous avez séjourné en France durant la guerre ?

— En effet. Avec Mlle Higgins. Elle était infirmière et moi, standardiste.

Morris s'esclaffa.

— Infirmière et standardiste ?

— Oui. Qu'y a-t-il de si drôle à cela ?

— Admettons que ce soit vrai. N'étiez-vous pas toutes les deux à Beauvais, durant une certaine semaine ?

Le front de Haley se plissa de perplexité.

— Nous nous y sommes croisées brièvement, oui. Pardonnez-moi, mais où voulez-vous en venir ?

De son côté, Ginger était sur le qui-vive. Après la guerre, elle avait signé la Loi sur les secrets officiels, texte qui lui interdisait d'évoquer le moindre détail de cette période avec qui que ce soit. Pas même avec Haley, en qui elle avait pourtant une confiance aveugle, et cette restriction lui pesait terriblement. Certains jours, elle aurait tout donné pour pouvoir parler de ses activités durant la guerre. Si seulement elle avait pu se confier à quelqu'un, elle aurait pu en tirer un certain soulagement, faire pénitence, recevoir une forme d'absolution. Hélas, elle était sous le joug du secret – une condamnation qui lui était insupportable, la plupart du temps. Voilà pourquoi elle cherchait à tout prix à oublier. En se noyant dans le travail à la boutique, en résolvant des énigmes qui lui permettaient d'envoyer de néfastes individus au tribunal. En étant « heureuse » afin de rendre les gens heureux autour d'elle.

Et Morris était sur le point de faire voler en éclats ce fragile équilibre.

— Superintendant, dit-elle sèchement. J'ignore de quoi vous parlez et je suis *certaine* que Mlle Higgins l'ignore aussi.

Morris saisirait-il l'allusion ? Rien n'était moins sûr avec un tel rustaud ! Un regard en direction de Haley lui confirma que son amie, elle, avait bien reçu le message.

Morris, en revanche, continuait de mettre les pieds dans le plat.

— Bien, bien, bien… Je comprends que vous n'ayez pas le droit d'en parler. Avez-vous rencontré Mary Parker en France ?

— Mais qui est cette Mary Parker ?

— C'est le nom d'emprunt de la grande-duchesse Olga Pavlovna Orlova.

Ginger et Haley échangèrent un regard. Pourquoi Basil n'avait-il pas communiqué ce nouvel élément à Ginger ?

Il fallait qu'elle en ait le cœur net.

— L'inspecteur principal Reed sait-il que vous êtes ici ?

— Je n'ai pas de compte à rendre à l'inspecteur principal Reed. Ce serait plutôt l'inverse. Et à présent, veuillez répondre à ma question.

— Je n'ai jamais rencontré de dame de ce nom lorsque j'étais en France.

— Moi non plus, dit Haley. Pourquoi ? Était-elle là-bas, elle aussi ?

— En effet, mademoiselle Higgins. Elle était là-bas avec le même statut que vous et Mme Gold, voilà ce que je crois. Mlle Parker travaillait pour le MI5. Elle travaillait aussi pour le Kremlin.

Ginger souffla d'agacement face à l'obstination du policier.

— Que dites-vous, superintendant Morris ? demanda Haley.

— Je dis que Mary Parker travaillait à la fois pour les Russes et pour les Britanniques.

Ginger n'était qu'à moitié surprise par cette révélation. Que la grande-duchesse fût une espionne, elle l'avait déjà deviné… Mais un agent double ?

Haley la regardait.

— Tout s'éclaire à présent, ma mystérieuse amie… marmonna-t-elle.

En guise d'excuse, Ginger haussa imperceptiblement les épaules avec un doux sourire. Il ne lui appartenait pas de révéler quelles avaient été ses activités d'agent secret durant la guerre, même si elle avait souhaité des milliers de fois s'en ouvrir. Surtout à Haley. Et à Basil. Mais maintenant que régnait cette tension entre eux, elle se félicitait de ne pas avoir cédé à la tentation de se confier à lui.

Le visage fermé, elle reporta son attention sur Morris. L'indiscrétion du policier était déplacée.

— Je pense que vous connaissiez très bien Mary Parker, madame Gold, insista-t-il, et qu'elle menaçait de révéler l'un de vos secrets. Alors, vous…

— … lui avez brisé la nuque ? acheva Ginger en agitant ses doigts fins.

— Votre gala a rameuté les foules, produisant une horde de suspects tout en n'en fournissant aucun !

Haley bondit de son fauteuil.

— Superintendent ! Je me dois de protester !

Morris ignora son éclat ; il demeurait concentré sur Ginger.

— Vous aviez le moyen, le mobile et l'occasion, énuméra-t-il en levant trois doigts boudinés.

Se tournant brusquement vers Haley, il aboya :

— Et vous aussi, mademoiselle Higgins ! Vous auriez pu faire le coup ensemble.

Haley, les mains sur les hanches, riposta d'un ton glacial.

— Nous n'avons rien à voir avec ce meurtre.

Toujours aussi grossier et incrédule, Morris siffla entre ses lèvres sèches :

— Vous niez, évidemment…

— Vous lancez des accusations, mais vous n'avez aucune preuve, déclara Ginger. Sinon vos agents seraient déjà ici avec des menottes.

Elle se leva, les mains fermement croisées sur sa poitrine, lui signalant ainsi la fin de l'interrogatoire et son refus catégorique de lui serrer la main.

— Je crains que Mlle Higgins et moi n'ayons fort à faire, superintendant. Alors, à moins que vous ne soyez venu nous arrêter, nous vous prions de prendre congé.

Le superintendant souffla, vexé.

— Comme vous voulez. Je vous souhaite le bon jour, mesdames.

Morris remit son chapeau et tourna les talons sans un mot.

— Ah ça, mais l'audace de ce type ! fulmina Ginger qui se mit à tourner dans le salon comme un lion en cage. Un véritable rustre !

Haley retourna à son fauteuil et laissa échapper un long soupir.

— Ce n'est pas moi qui vous contredirais là-dessus.

Ginger était révoltée par l'indiscrétion du policier.

— Et de la part d'un superintendant, encore !

Boss, qui suivait sa maîtresse du regard, lui exprima son soutien d'un grondement sourd.

— Il y a de sales types dans tous les services, tempéra Haley. À Boston aussi.

Boss dressa sa petite tête en entendant son nom.

— Certes, convint Ginger. Mais j'ai bien peur que l'incompétence de Morris n'entrave la marche de cette enquête qui est déjà d'une complexité extrême.

Haley consulta ostensiblement son bracelet-montre.

— Je vais devoir vous laisser remâcher votre colère toute seule, je le crains. J'ai un bus à prendre.

— Haley !

— Oui ?

— À propos de ce que vous avez appris sur moi, aujourd'hui… Je peux compter sur votre discrétion ?

Haley sourit.

— Bien entendu. La question ne se posait même pas.

— Merci.

Ginger aussi avait du travail qui l'attendait. Le temps qu'elle arrive dans Regent Street, son émoi était retombé. Qu'elle était sotte d'avoir laissé ce lourdaud la mettre dans un tel état de rage, alors qu'elle n'avait commis aucun méfait ! Démasquer le véritable meurtrier, c'était la meilleure manière de prouver son innocence.

Plumes & Styles avait retrouvé son petit train-train. Badauds et commères s'étaient lassés et il ne restait dans la boutique que les clientes réellement intéressées par les articles en vente. Dorothy respirait à nouveau et ne semblait plus sur le point de s'enfuir. Emma, quant à elle, partageait son temps entre la couture et ses croquis. Il lui arrivait aussi d'aider Dorothy à conseiller certaines clientes. Mme Roux, pour sa part, se réservait les dames du gratin, craignant que la jeune Dorothy ne fasse pas le poids face à la rouerie de certaines. Ginger en savait gré à sa gérante.

Un vent froid s'engouffra dans la boutique à l'entrée de Lady Whitmore. Ginger était toujours heureuse de voir revenir ses habituées.

— Le bonjour à vous, lady Whitmore. Bienvenue à Plumes & Styles.

— Le bonjour à vous aussi, lady Gold.

Lady Whitmore balaya du regard le visage des autres clientes. Elle semblait nerveuse.

— Puis-je vous aider à trouver quelque chose de particulier ? s'enquit Ginger.

— Euh, non. Je vais me contenter de regarder si cela ne vous dérange pas.

— Mais je vous en prie. N'hésitez pas à faire appel à moi ou à Mme Roux si vous avez besoin d'un renseignement.

Dorothy s'occupait de l'étage, elle y était plus à sa place. De fait, les clientes intéressées par les robes de confection étaient en général de jeunes femmes de son âge. Ginger, elle, préférait conseiller les dames de la haute société avec lesquelles il fallait faire preuve d'une délicatesse toute particulière.

Installée derrière le comptoir, elle pointait les tickets de caisse. Tout semblait en ordre : lady Lyon n'avait pas commis de délit durant cette soirée fatidique et une fois de plus, Ginger remercia le ciel d'avoir mis Mme Roux sur sa route.

Elle tourna la tête au moment où lady Whitmore se faufilait à l'étage. Ginger gloussa. Lady Whitmore n'était pas la seule de ces dames à éprouver une secrète curiosité pour les robes de confection. Certaines allaient jusqu'à s'en acheter une, parfois. Ginger, pour sa part, ne s'en privait pas, preuve pour elle du solide bon sens qu'elle avait acquis en Amérique.

Une nouvelle livraison de la modiste arriva et Ginger dirigea le livreur vers l'arrière de la boutique. L'homme dut faire plusieurs voyages, mais il était d'un naturel affable et semblait reconnaissant qu'on lui ait donné ce travail.

— Oh, il me tarde de voir ça ! s'écria Emma qui se pressa pour être la première à ouvrir les cartons à chapeau.

Ginger allait la rejoindre lorsqu'elle aperçut lady Whitmore en train de redescendre en catimini du premier étage. Dans l'enthousiasme suscité par la livraison de nouveaux chapeaux, Ginger avait oublié qu'elle était là-haut.

Lady Whitmore rougit en se voyant repérée ; elle semblait troublée.

— Tout va bien, lady Whitmore ? Mlle West a-t-elle pu vous aider ?

— Oui, oui, elle a été parfaite. Je, euh… c'est moi qui ne me sens pas très bien tout à coup.

Sur ces mots, lady Whitmore se rua vers la sortie tandis que Ginger lui lançait :

— Prenez soin de vous !

Mme Roux avait assisté à l'échange.

— Bizarre, lui dit Ginger.

— En effet. Je ne pense pas que lady Whitmore ait colporté un seul potin de tout le temps qu'elle est restée ici.

Ginger se tourna vers la gérante avec un grand sourire.

— Décidément, elle n'était pas dans son assiette.

Dorothy descendit à son tour.

— Lady Whitmore vient de faire quelque chose de très étrange.

— Quoi donc ?

— Elle a fouillé les poches de toutes les vestes et fourragé dans le présentoir à étoles. Vous devriez voir le bazar qu'elle m'a laissé.

— Je me demande bien ce qu'elle cherchait, dit Mme Roux.

Ginger ne répondit pas, mais elle savait. Ce que cherchait lady Whitmore, c'était le papier à cigarette.

16

Suivant les indications de Pippins, Ginger parvint sans peine jusqu'à Cherry Tree Manor, la majestueuse demeure en pierre de lord et lady Fitzhugh, aux abords de Londres.

La façade de trois étages était en grande partie recouverte de vigne vierge. Une allée pavée encerclait une grosse fontaine dont on avait coupé l'eau pour la saison hivernale. Ginger mit le levier de vitesses au point mort et le moteur cessa de tourner dans un crachotement poussif. Un jour, elle remplacerait la bonne vieille Daimler par un modèle plus récent. Au retour du beau temps, peut-être.

Les majordomes étaient connus pour avoir la mine austère et sans expression – ils étaient là pour servir, pas pour être vus ou donner leur avis – mais celui qui ouvrit la porte de Cherry Tree Manor avait l'air particulièrement compassé. Le tempérament autoritaire et les vues très arrêtées de la maîtresse des lieux n'étaient certainement pas étrangers à cette attitude.

On fit attendre Ginger un certain temps dans le vestibule – en guise de pénitence, sans doute, pour ne pas avoir pris rendez-vous. Lorsque le majordome revint enfin, il la mena jusqu'au salon.

— Lady Gold, annonça-t-il avec une tête d'enterrement.

Lady Fitzhugh et lady Meredith étaient assises, très droites, dans des bergères à oreilles. Ni l'une ni l'autre ne se levèrent pour accueillir Ginger.

— Lady Gold, dit lady Fitzhugh. Si nous avions su que vous veniez nous voir, nous aurions fait préparer un thé.

— Je regrette de me présenter chez vous à l'improviste, lady Fitzhugh, mais j'espère que vous voudrez bien m'accorder un peu de votre temps. J'aimerais discuter avec vous de, euh… l'incident… qui a eu lieu à Plumes & Styles.

— Ah, je me demandais quand quelqu'un se déciderait enfin à me rendre visite. Où est donc cet inspecteur principal ? Pourquoi n'est-il pas avec vous ?

Ginger n'avait pas la moindre intention de le lui dire. Si elle avait choisi de venir sans consulter Basil, c'était parce que ses raisons de soupçonner les Fitzhugh étaient bien minces. Mais surtout, parce qu'elle ne se sentait pas la force d'affronter l'émoi que provoquerait en elle la présence de Basil.

Par ailleurs, le superintendant Morris l'avait placée parmi les suspects. Basil était peut-être de l'avis de son supérieur, maintenant ?

Lady Fitzhugh s'attendait donc à être interrogée dans le cadre de l'enquête. Intéressant, songea Ginger. Cela dit, le contraire l'eût étonnée : la dame était bien trop imbue d'elle-même pour concevoir qu'on la néglige.

— Puis-je m'asseoir ?

D'un geste alangui, lady Fitzhugh lui désigna un canapé.

— Faites…

Ginger venait de s'installer quand la porte s'ouvrit sur un gentleman d'un certain âge qui se figea en voyant que le salon était occupé. La coupe élégante de son costume ne parvenait pas à dissimuler son buste en forme de tonneau. Les ans avaient sillonné de rides sa figure carrée, flanquée de lourdes bajoues.

— Pardon, mesdames, marmonna-t-il avec une expression presque effrayée, avant de battre en retraite précipitamment.

— Lord Fitzhugh ? s'enquit Ginger.

Lady Fitzhugh acquiesça avec une légère moue de mépris.

Meredith Fitzhugh avait observé l'échange entre ses parents sans manifester le moindre intérêt. Sans doute était-elle habituée à voir son père détaler à la vue de sa mère. La jeune lady – âgée d'une vingtaine d'années, estima Ginger – faisait beaucoup de manières avec sa robe informe aux manches bouillonnées dont le style n'était guère flatteur pour une fille de sa corpulence. Il faut dire que Meredith avait eu le malheur d'hériter de la stature de sa mère et du tour de taille de son père. Carrée dans son fauteuil, elle ressemblait à un pingouin dans une cage dorée, songea Ginger avec compassion.

Face aux deux femmes, elle hésita. Par où commencer ? Elle ne pouvait pas demander tout de go à la jeune lady si elle avait assassiné la belle grande-duchesse par jalousie. En plus d'être offensant, cela ne les inciterait pas aux confidences. Si elle voulait leur délier la langue, Ginger devait aborder cet interrogatoire tout en douceur.

— L'une de vous deux avait-elle déjà rencontré la grande-duchesse ?

Lady Fitzhugh, mère, répondit :

— Non. Et quand bien même, en quoi cela vous regarderait-il ?

— J'essaie simplement de rassembler le plus d'éléments possible sur la grande-duchesse. La résolution d'une enquête tient souvent à un tout petit détail, vous savez.

— Mais de quelle enquête s'agit-il ? *De la vôtre ?*

— L'inspecteur principal Reed m'a demandé de l'assister… en tant que conseillère. Je l'accompagne souvent lors de ses interrogatoires.

— Mais aujourd'hui vous êtes seule, souligna sèchement lady Fitzhugh.

— Oui, car vous ne figurez pas parmi les suspects. J'ai pris sur moi de m'entretenir avec mes invitées, au cas où elles sauraient quelque chose qui pourrait aider la police. Il ne faut pas vous en offusquer.

— Bon. Eh bien, vous avez votre réponse. Nous ne connaissions la grande-duchesse ni de près ni de loin.

— Et vous, lady Meredith ? Connaissiez-vous la grande-duchesse Olga Pavlovna Orlova ?

Lady Meredith sembla ahurie qu'on s'adresse à elle personnellement.

— Je viens de vous dire que nous n'avions jamais entendu parler d'elle, répéta sa mère.

Lady Fitzhugh avait le regard noir et la bouche pincée.

— Avec tout le respect que je vous dois, lady Fitzhugh, vous m'avez dit que *vous* n'aviez jamais entendu parler de la grande-duchesse. Mais il n'en va peut-être pas de même pour lady Meredith. Vous ne la tenez pas en laisse, si ? Elle doit bien avoir des relations. L'une d'elles a peut-être mentionné la grande-duchesse en passant ?

Dans un silence choqué, les Fitzhugh mère et fille dévisagèrent Ginger : lady Fitzhugh avec dédain, lady Meredith avec un sentiment proche de l'admiration.

— Qu… quel toupet ! bégaya lady Fitzhugh.

Mais Ginger était bien décidée à ne pas plier devant cette gorgone, quelles que fussent sa suffisance et sa grossièreté. Elle sourit gentiment à lady Meredith.

— Eh bien ?

— Non, lady Gold. Je ne la connaissais pas. Mais elle était d'une beauté renversante, non ? Quel dommage qu'il ait fallu qu'elle meure…

Lady Meredith avait énoncé ce fait d'une voix plate, l'air absent et le regard vide.

Ginger en eut des frissons.

Après cet entretien déroutant chez les Fitzhugh, elle retourna à Plumes & Styles. Si le calme était revenu dans la boutique, l'agitation de Ginger, elle, n'avait fait que croître. Une dame était morte et Scotland Yard n'était pas plus avancé quant à l'identité du coupable. Certes, Basil lui avait affirmé qu'il avait mis ses meilleurs hommes sur le coup, mais il lui avait également rappelé, avec un brin de tristesse dans la voix, que nombre de meurtres n'étaient jamais élucidés, même ceux impliquant la haute société.

Ginger, cependant, refusait de renoncer si facilement. La haute société représentait un cercle relativement restreint. Si elle voulait découvrir, à tout le moins, ce que cachait la grande-duchesse Olga Pavlovna Orlova, il lui fallait aller à la pêche auprès de toutes les « lady Whitmore » de Londres. Un seul de leurs potins pourrait la mener au tueur. L'ennui, c'est qu'étant depuis peu établie en Angleterre, elle ne connaissait pas les « lady Whitmore » de la capitale.

En revanche, elle connaissait quelqu'un qui les fréquentait. Mme Schofield. Elle profita d'un moment de calme pour solliciter Mme Roux.

— Vous n'aurez pas de mal à vous en sortir si je vous demande une fois de plus de faire seule la fermeture de la boutique ?

— *Mais non*, lady Gold. Partez tranquille.

— Formidable ! À demain, alors.

De retour à Hartigan House, Ginger remisa la Daimler au garage. Mais au lieu d'entrer par la cuisine, comme d'habitude, elle coupa par la haie qui séparait sa propriété de celle de Mme Schofield, puis fit le tour jusqu'à la porte d'entrée de sa voisine.

La demeure des Schofield, bien que de superficie plus réduite, égalait presque Hartigan House en élégance. Ginger frappa au heurtoir et fut accueillie par la bonne des Schofield, Lucy.

— Bonjour, Lucy. Mme Schofield est-elle visible ?

— Oui, madame. Je vais la prévenir que vous êtes là.

Ginger n'attendit que quelques instants dans le vestibule.

— Mme Schofield est au salon, lui apprit Lucy qui la mena jusqu'à la vieille dame.

— Lady Gold, quelle merveilleuse surprise ! Fort à propos, de surcroît. Je viens de m'installer pour prendre le thé. Lucy, apportez une seconde tasse avec une assiette de sandwichs et de gâteaux.

— Merci de me recevoir ainsi à l'improviste, s'excusa Ginger en s'installant face à son hôtesse.

— J'espère surtout que vous n'avez pas de souci. Comment se porte la douairière ?

— Fort bien, elle attend votre prochaine visite avec impatience.

Un petit mensonge de temps en temps, cela ne faisait de mal à personne et contribuait à maintenir une bonne entente entre voisins.

— Moi de même, répondit Mme Schofield. Hélas, votre chère grand-mère est très occupée. Elle déborde d'activités pour une dame de son âge.

— Euh, oui…

Par bonheur, Lucy revint avec un plateau chargé d'une tasse, d'une assiette de gâteaux et de sandwichs au concombre découpés en triangle. Mme Schofield servit le thé.

— Eh bien, lady Gold ! Vous n'êtes pas venue voir à quoi une vieille dame comme moi occupe ses journées. Que puis-je faire pour vous ?

— Vous êtes injuste, répliqua Ginger d'un ton léger. Je m'intéresse toujours à votre confort. Et comment va votre petit-fils en ce moment ?

— Alfred va bien. Il continue de vivre comme s'il n'y avait pas eu la guerre… et en même temps comme si la fin du monde était pour demain.

Elle regarda Ginger d'un air appuyé.

— Ce serait si agréable de le voir enfin fonder un ménage avec une charmante dame, pourquoi pas une veuve…

— Oh, euh… oui, je suppose.

Ginger se hâta de changer de sujet avant que sa voisine ne l'invite une fois de plus à dîner un soir où Alfred serait là.

— Puisque vous m'avez posé la question, Mme Schofield, je suis en quête de renseignements et je me demandais si vous pouviez m'aider.

La vieille dame se pencha en avant avec intérêt.

— Oh, mais dites-moi tout ! Que voulez-vous savoir, exactement ?

— Vous avez appris la mort de la grande-duchesse russe Olga Pavlovna Orlova ?

— Oui, bien sûr ! La nouvelle a beaucoup fait parler… Cela s'est passé dans votre boutique de vêtements, n'est-ce pas ?

— En effet. L'ennui, c'est que personne ne semble rien savoir sur cette dame.

— Et l'idée vous est venue de venir me voir.

Ginger acquiesça.

— Au cas où vous la connaîtriez, vous ou une personne de votre entourage.

— Je suis très flattée, lady Gold, je dois l'avouer.

Mme Schofield réfléchit quelques secondes.

— Vous pourriez vous adresser à Mme Needham. Elle siège au conseil d'administration de l'hôpital. Si une personne a été malade, elle le sait. Ou à Mme Silcox qui préside la Silcox Family Charity. Une dame de la haute société…

Les yeux de Mme Schofield brillèrent sous ses paupières tombantes.

— Et puis il y a moi, tout simplement. Peut-être pourrais-je vous renseigner.

— Je vous en prie, Mme Schofield, si vous savez quoi que ce soit qui puisse faire avancer l'enquête, dites-le-moi.

Sans compter que taire certains faits entravait le cours des investigations, songea Ginger sans toutefois souligner ce point à voix haute.

— La grande-duchesse Olga Pavlovna est morte, dit Mme Schofield en examinant ses ongles peints.

— Ça, je le sais.

— Non, ce que je veux dire, c'est qu'elle est morte en bas âge. J'ignore qui a été assassiné dans votre boutique, mais ce n'était pas une grande-duchesse.

— Une usurpatrice ? Mais comment cette femme a-t-elle pu entrer en Angleterre ?

— Je crois qu'il est assez facile de se procurer de faux papiers de nos jours, à condition bien sûr d'avoir de bonnes relations.

Ginger était bien placée pour le savoir. L'individu qui avait fourni une fausse identité à la grande-duchesse était tout sauf un amateur. Pour arriver à se faire passer pour une tête couronnée, il fallait plus que de la chance. Cela venait de très haut.

— Mais comment se fait-il que vous soyez si bien renseignée, Mme Schofield, alors que Scotland Yard piétine encore ?

Mme Schofield eut un sourire malicieux.

— Vous ne vous imaginez tout de même pas que je vais vous révéler mes sources.

— Ma foi…

La vieille dame se mit à rire.

— D'accord. Figurez-vous qu'enfant, j'avais une gouvernante russe qui n'aimait rien tant que de m'entretenir de la patrie de ses ancêtres. Je savais tout sur les grands-ducs et grandes-duchesses de ce pays.

17

Ginger referma d'un geste sec le journal du soir avant de le replier et de le poser sur la table, à côté de son assiette. En première page s'étalait le titre : QUI ÉTAIT LA GRANDE-DUCHESSE ? Par Blake Brown.

Ginger poinçonna le nom du journaliste de son ongle verni.

— Comment a-t-il fait pour être si vite informé ? Il n'y a qu'une heure que j'ai téléphoné à Scotland Yard !

— La police était peut-être sur la même piste, suggéra Haley. C'est leur métier, après tout.

— Peut-être. Mais à mon avis, M. Brown a un contact au sein du Yard, qui s'est empressé de lui de transmettre l'information.

— J'ai remarqué que vous avez recommencé à employer des mots tels que « Yard » ou « poste de police » à la place de « Basil », comme vous en aviez pris l'habitude. (Haley pencha la tête sur le côté.) Vos relations se sont tendues à ce point ?

Ginger soupira.

— C'est affreusement gênant. Maintenant, lorsque nous nous voyons, c'est sur un plan strictement professionnel. Fini le badinage et les plaisanteries.

— Vous ne flirtez plus, voulez-vous dire.

— Si vous tenez à l'exprimer de manière si effrontée, oui. Nous ne flirtons plus. Mme Reed est de retour, et même si elle n'est pas présente en chair et en os, elle est là, entre nous.

— Et l'enquête ? C'est tout juste si vous la lui laissez la mener. Ginger, je vous encourage vivement à ne plus vous livrer seule à d'autres investigations. Ce n'est pas raisonnable. La personne, homme ou femme, qui a assassiné cette prétendue grande-duchesse n'hésiterait pas à vous tuer, si elle le jugeait nécessaire.

Ginger, qui avait appris quelques gestes d'autodéfense durant la guerre, ne doutait pas de sa capacité à repousser un éventuel agresseur. Mais Haley avait raison. Si le tueur lui tombait dessus à l'improviste…

— Dans ce cas, vous devriez venir avec moi, suggéra-t-elle. À deux, on est plus fortes.

— Oh, j'aimerais bien ! Mais mes études ne m'en laissent pas le temps.

— Oh, vous devez certainement avoir le temps de prendre un thé. Je songe à faire une petite visite au Ritz…

— Au Ritz ? Je ne pense pas qu'on y laisse entrer mes semblables.

— Sottises. Je vous prêterai une robe adéquate.

— Mais pourquoi accepterais-je d'aller là-bas ? Je n'aime même pas le thé, et encore moins la compagnie des snobs. À l'exception des personnes présentes dans la pièce, ajouta-t-elle après une pause.

Ginger ignora la pique.

— Voyez cela comme une opération d'espionnage. Une participation à l'enquête. Et envisagez des cocktails plutôt qu'un thé.

— Votre invitation est tout de suite plus intéressante. Qui devons-nous espionner ?

— La princesse Sophia von Altenhofen.

— Pourquoi elle ?

— Eh bien, nous avons une grande-duchesse qui n'en est pas une, une princesse qui n'en est plus une et une comtesse qui a disparu, évanouie dans la nature, semble-t-il.

— Une énigme aristocratique, résuma Haley.

— Or vu que l'une est morte et que l'autre demeure introuvable…

— Il ne reste que la princesse.

Haley se leva et se frotta les mains avec enthousiasme.

— Où est donc cette robe « adéquate » dont vous parliez ?

Une heure et demie plus tard – soit deux fois plus de temps que nécessaire, selon Haley – elles arrivèrent à l'hôtel Ritz.

— Cette robe vous va à ravir, déclara Ginger. Et je ne suis pas la seule à le penser.

D'un signe de tête, elle désigna une table où deux messieurs regardaient dans leur direction. Ils levèrent leur verre à leur adresse.

— Nous sommes ici pour travailler, Ginger, pas pour nous amuser.

— Ne peut-on joindre l'utile à l'agréable ?

Ginger conduisit Haley jusqu'au bar à cocktails où elle était venue deux jours plus tôt avec Basil.

— C'est donc ainsi que vivent les riches, constata Haley d'un ton railleur.

— Le Ritz de Londres est le second hôtel à avoir été construit par César Ritz, l'hôtelier suisse. Le premier se trouve à Paris.

— On dirait que ce monsieur a bien réussi dans la vie…

— Assurément.

Elles choisirent une table d'où l'on pouvait voir toute la salle et accrochèrent leur sac à main au dossier de leur siège.

— Qu'est-ce qui vous fait croire que la princesse va se montrer ? demanda Haley.

— Une intuition. Je n'ai pas l'impression que la princesse von Altenhofen soit le genre de femme à aimer explorer Londres toute seule.

Ginger commanda une assiette de fromages, des biscuits apéritifs, du caviar et de la gelée de menthe à tartiner, le tout accompagné par un excellent bourgogne.

Haley mordit dans un toast et poussa un gémissement de plaisir.

— Ça, c'est une opération espionnage selon mon cœur.

Ginger trinqua avec elle.

— Aux espionnes !

Après une seconde bouchée, Haley lui demanda :

— Avez-vous eu des nouvelles de Louisa, récemment ?

— Eh bien, oui.

Louisa était la demi-sœur de Ginger. Du temps où elle était l'infirmière à domicile de feu M. Hartigan, Haley avait sympathisé avec elle. Ginger et Louisa avaient dix ans de différence, bien que Louisa parût encore plus gamine. Elle avait été excessivement gâtée par leur père et par Sally, sa mère – la belle-mère de Ginger. Si Louisa avait voulu s'installer en Angleterre, c'était en partie pour fuir la maison de sa mère, mais Ginger soupçonnait Sally d'avoir été tout aussi soulagée par le départ de sa fille. Malgré la propension de Louisa à bouder ou à se montrer odieuse dès qu'elle n'était plus au centre de toutes les attentions, c'était sa petite sœur et Ginger l'adorait.

— J'ai reçu une lettre d'elle ce matin même. Je suis contente que vous me le rappeliez. Elle vous fait ses amitiés.

— Elle ne fait pas trop de bêtises ?

— Ma foi, vous connaissez Louisa. Elle a des idées bien à elle.

Haley étala de la gelée de menthe sur un biscuit apéritif.

— Ses excentricités me manqueraient presque, même si Felicia s'ingénie à nous fournir matière à divertissement.

Ginger but une gorgée de son cocktail et hocha la tête.

— Je suis bien d'accord avec vous.

— Quand comptez-vous revoir Louisa ?

— Je l'ai invitée à venir me rendre visite dès qu'elle aura fini ses études.

Haley enfourna son biscuit apéritif dans sa bouche.

— Oh, voilà la princesse, souffla Ginger en regardant par-dessus l'épaule de son amie. Faites comme si vous vous intéressiez au barman.

Se couvrant la main de la bouche, Haley tourna la tête lentement, l'air innocent, et suivit du regard la princesse qui se dirigeait avec nonchalance vers une table occupée par un gentleman. Ginger avait vu l'homme arriver, mais son chapeau lui masquait le profil et lorsqu'il l'avait ôté, il lui avait tourné le dos. Tout ce qu'elle voyait de lui, c'était le sommet de son crâne : des cheveux d'un blond délavé, nettement striés de gris, plaqués en arrière à l'huile capillaire.

— Si seulement je pouvais voir avec qui elle est, soupira-t-elle.

— Vous pourriez aller vous repoudrer le nez, suggéra Haley. Vous seriez obligée de lui passer devant.

Ginger tapota les mèches rousses qui encadraient son visage.

— Elle me reconnaîtrait… Vous, en revanche, vous pourriez le faire.

— Mais comment saurais-je qui est cet homme ? Je ne connais que des gens qui travaillent dans la médecine.

— Vous pourrez toujours me le décrire, peut-être était-il présent au gala.

— D'accord.

Haley se leva, rajusta sa robe et s'éloigna.

— Haley ! Vous oubliez votre sac à main.

— Ah, oui.

Haley prit la petite pochette qu'elle porta à son visage au moment de passer devant la table de la princesse.

Bien joué, pensa Ginger. La princesse aurait pu reconnaître Haley qui était également présente au gala, même si elles ne s'étaient pas parlé.

Ginger évitait de regarder en direction de la table des deux gentlemen afin de ne pas les encourager. Haley ne tarda pas à revenir.

— Alors ?

— Alors en effet, je l'ai reconnu. Il était bien au gala.

Ginger se pencha vers elle.

— Et peut-on savoir qui c'est ?

Haley se mordit la joue pour ne pas sourire.

— Lord Whitmore.

Ginger en resta bouche bée.

— Juste ciel !

— Et qui plus est, ils se tenaient la main sous la table.

— Non ! Auraient-ils une liaison ?

— À la manière dont ils se regardaient, je dirais oui, sans hésiter.

— Mais c'est…

— Quoi ? demanda Haley.

Un agent des services secrets britanniques.

— Le mari de lady Whitmore, bien sûr ! La pauvre dame…

18

Ginger tapota la main gantée de Haley.

— Continuez de les surveiller. Je vais aller faire un tour dans la chambre de la princesse pendant qu'elle est occupée ici.

— Comment allez-vous faire ? Je suis sûre que la porte est fermée à clé.

Ginger inclina la tête sur le côté avec un petit sourire.

— Auriez-vous déjà oublié le *Rosa* ?

— Oh ! Comment pourrais-je oublier une telle chose ?

— Vous vous souvenez donc de l'usage peu conventionnel que je fais de mes épingles à chapeau, répliqua Ginger en tapotant celle qui fixait son chapeau cloche en satin blanc.

Haley émit un petit rire.

— Bien sûr. Allez-y, alors.

Par chance, c'était l'heure du changement d'équipe, le liftier venait d'être remplacé par un collègue plus jeune. Ce fait jouait en faveur de Ginger : l'employé qui venait de prendre son service ne pouvait savoir que la princesse était descendue au bar. Ginger entra dans l'ascenseur et les portes en laiton ouvragées se refermèrent sur elle et le jeune liftier. Il avait le teint rougeaud et un léger duvet de moustache. Ginger lui décocha un sourire lumineux et le regarda par en dessous, en battant des cils.

— Salut, beau gosse, fit-elle avec l'accent américain.

Elle se mit à jouer ostensiblement avec les perles du collier qui ornait son décolleté.

Les joues du jeune homme virèrent à l'écarlate.

— Quel étage, madame ?

— Moi, c'est madame Ford.

Ginger tapota le bras du jeune liftier dont les yeux s'écarquillèrent devant tant de familiarité.

— On ne s'est pas déjà rencontrés ? Je ne suis venue à Londres que deux ou trois fois, juste aller-retour des USA, vous savez. Avec mon mari, Henry.

Le liftier déglutit.

— Henry Ford ? Le constructeur automobile ?

Ginger gloussa.

— Le seul et l'unique ! Nous venons d'acheter une demeure à Westminster.

— Bienvenue à Londres, madame !

Merci.

Le liftier se souvint qu'il avait un travail.

— À quel étage souhaitez-vous monter, madame ?

— Eh bien, en fait, je ne sais plus trop. Je suis venue voir ma chère amie la princesse Sophia von Altenhofen. (Ginger fouilla vaguement dans son sac à main.) Mais il semble que j'ai égaré le numéro de sa chambre.

— Ce n'est pas grave, madame Ford. La princesse est au dernier étage, suite quatre.

— Formidable !

L'ascenseur s'ébranla. Arrivée en haut, Ginger gratifia le jeune liftier d'un généreux pourboire, espérant ainsi s'assurer sa discrétion. Elle attendit que l'ascenseur entame sa descente, et lorsque le sommet du crâne de l'employé eut disparu, elle se précipita vers la chambre quatre.

Elle ôta son épingle à chapeau et entreprit de trafiquer la serrure avec des gestes minutieux, insérant l'aiguille dans les mécanismes qui cédèrent les uns après les autres. Un léger « clic » la récompensa de ses efforts et elle se glissa dans la prestigieuse suite de la princesse.

Ginger prit un moment pour admirer le décor. La moquette claire à motifs et les murs pâles apportaient beaucoup de luminosité à la chambre. Ginger n'avait jamais vu de lit aussi grand : il avait une tête capitonnée de couleur pêche, assortie au repose-pied et au tour de lit. À côté, il y avait une cheminée à l'âtre peint en doré. Une coiffeuse blanche voisinait avec une commode de la même couleur et avec un fauteuil dans les mêmes tons apaisants. Près de la fenêtre, si grande qu'elle occupait presque tout le mur, une table blanche et sa chaise complétaient le mobilier.

Ginger fouilla immédiatement la coiffeuse, la commode, la penderie et les tables de chevet. Chou blanc. Frustrée, elle balaya la pièce du regard et, mue par une idée subite, glissa la main sous le matelas. Elle fit courir ses doigts d'un côté, jusqu'au pied du lit, puis remonta dans l'autre sens. À mi-chemin de l'oreiller, sa main rencontra une bosse. C'était une petite aumônière en velours noir. Ginger l'ouvrit et retrouvant son accent américain, marmonna :

— Alors, ça, c'est la meilleure !

À l'intérieur se trouvait le Blue Desire, au bout de son élégante chaîne en argent. Ginger le présenta à la lumière. Il avait l'air authentique, mais seul un bijoutier pourrait le lui confirmer.

Elle rangea le diamant bleu dans la petite aumônière qu'elle remit entre le matelas et le sommier, juste à l'endroit où elle l'avait trouvé. Son cœur s'emballa. Elle n'avait pas vu le temps passer. La princesse pouvait revenir d'une seconde à l'autre. Un bref regard autour de la pièce la rassura : tout était dans l'état où elle l'avait trouvé. Elle entrebâilla la porte pour vérifier que le couloir était désert, mais se replia aussitôt à l'intérieur en entendant des voix, masculine et féminine.

La princesse et lord Whitmore ? Ginger chercha du regard où elle pourrait se cacher. Dans la penderie ? Non, il y avait fort à parier que la princesse veuille changer de robe. Sous le lit ? L'idée la fit frémir.

Mais les voix s'éloignèrent, une porte se referma et il n'y eut plus qu'un murmure étouffé.

Ginger reprit sa respiration et à nouveau, passa la tête dans le couloir. Personne. Elle se faufila hors de la chambre et partit à l'opposé de l'ascenseur, en direction de l'escalier. Elle ne pouvait prendre le risque de tomber sur la princesse, si jamais cette dernière décidait de remonter dans sa chambre. Ginger ralentit le pas lorsqu'un employé de la blanchisserie apparut au détour du couloir. L'homme, élancé et d'origine indienne, passa devant elle en détournant poliment le regard.

Ginger dévala les quatre étages d'une traite. Au pied de l'escalier, elle se ménagea une pause, le temps de reprendre son souffle. Son minutage était impeccable : la princesse venait d'entrer dans l'ascenseur. Ginger aperçut l'air troublé du jeune liftier. Avec un peu de chance, il saurait tenir sa langue. Le pourboire de Ginger devait encore lui brûler la poche.

Haley sortit du bar.

— Vous voilà !

L'inquiétude se lisait dans ses yeux sombres.

— Tout va bien, Haley, dit Ginger en retrouvant son accent londonien de naissance. Je viens de voir la princesse Sophia entrer dans l'ascenseur.

Haley porta la main à sa gorge.

— J'ai eu une peur bleue ! J'ai cru qu'elle allait vous prendre la main dans le sac. Dieu merci, vous êtes partie à temps !

— Le hasard a bien fait les choses.

— Eh bien ? Avez-vous trouvé quelque chose ?

Ginger lui fit part de sa trouvaille.

— Encore ce diamant bleu… réfléchit Haley à voix haute.

— Mais comment a-t-elle fait pour mettre la main dessus ? Serait-ce elle, la meurtrière ?

Haley haussa une épaule.

— Nous ne savons même pas si la pierre est authentique.

Elles s'approchèrent de la réception.

— Excusez-moi, dit Ginger avec douceur, de sa voix la plus féminine.

L'employé leva les yeux.

— Puis-je vous aider, madame ?

— Je dois passer un coup de téléphone, c'est urgent.

L'employé déposa devant elle un téléphone moderne. Ginger composa le numéro de Scotland Yard et exigea de parler à l'inspecteur principal Reed.

Ce dernier fut tout sauf ravi d'apprendre qu'elle menait sa petite enquête de son côté :

— Ginger ! la réprimanda-t-il. Et si elle vous avait surprise en train de fouiner dans sa chambre ?

— Mais elle ne m'a pas vue, c'est tout ce qui compte. J'ai tout laissé dans l'état où je l'avais trouvé, même le diamant bleu.

— Voilà qui est pour le moins étonnant : lord Lyon vient justement de rapporter la réplique au Yard. Lady Lyon a fini par avouer le vol du collier, mais elle insiste sur le fait que la grande-duchesse était déjà morte.

Lady Lyon… en voilà une qui ne manquait pas de jugeote !

— La pierre que j'ai trouvée est donc le véritable diamant, conclut Ginger.

— Et l'assassin le savait. Sinon, il ou elle s'en serait emparé au lieu de laisser lady Lyon le dérober sur le corps inanimé de la grande-duchesse.

— La princesse est forcément notre assassin.

— Où se trouve-t-elle, à présent ?

— Elle a pris l'ascenseur il y a environ dix minutes.

— Le temps de me procurer un mandat et j'arrive.

— Nous vous attendons.

Ginger et Haley retournèrent au bar de l'hôtel où la musique et les conversations leur permettaient de discuter en toute discrétion. Elles commandèrent un brandy et se mirent à parler à voix basse au-dessus de la flamme vacillante de la bougie.

— Pensez-vous que Sophia von Altenhofen a tué Mary Parker afin de s'emparer du Blue Desire ? s'enquit Haley. En le remplaçant par une réplique dans l'espoir qu'on n'y voie que du feu ?

Ginger but une gorgée de brandy.

— Peut-être. Pourtant, lorsque nous l'avons interrogée, l'inspecteur principal et moi, la princesse a reconnu qu'elle savait que le diamant était un faux.

Haley ramena une boucle derrière son oreille.

— Son aplomb lui venait peut-être du fait qu'elle se savait déjà en possession du vrai.

— Mais pourquoi la princesse aurait-elle révélé qu'elle connaissait l'existence de cette réplique si c'était elle, la meurtrière ? objecta Ginger. Elle doit bien se rendre compte que cet aveu l'incrimine.

— Peut-être est-elle devenue trop sûre d'elle, répliqua Haley. D'une façon ou d'une autre, il est clair que la princesse n'est pas la propriétaire du Blue Desire, sinon elle n'aurait pas fait tout ce numéro au gala lorsque la grande-duchesse est arrivée. (Elle fit tinter les glaçons dans son verre et considéra le liquide ambré d'un air pensif.) Si le diamant n'appartenait ni à la grande-duchesse ni à la princesse, alors à qui était-il ?

Avant que Ginger ait pu émettre une hypothèse, Basil apparut. De l'intérieur de sa veste, il tira un document plié en quatre.

— Voici le mandat.

— Cela n'a pas traîné, commenta Ginger.

— Le juge Snelling est pressé de boucler l'enquête. Voulez-vous vous joindre à moi ? Comme vous connaissez l'emplacement de… (il baissa la voix)… ce que nous cherchons.

Ginger était déjà debout.

— Bien sûr. Cela ne vous ennuie pas que Mlle Higgins nous accompagne ?

Basil marqua une seconde d'hésitation, puis céda.

— Mademoiselle Higgins…

Le trio, flanqué d'une femme de chambre réquisitionnée par Basil, entra dans l'ascenseur. Cette fois, Ginger ne fit pas son numéro de riche Américaine avec le liftier auquel Basil présenta brièvement son insigne.

— Police. Dernier étage.

Le jeune liftier prit un air grave.

— Bien, monsieur.

Basil frappa à la porte de la princesse.

— Princesse von Altenhofen ? C'est la police. Veuillez ouvrir !

Aucun son ne leur parvint. Basil frappa à nouveau. Comme la porte demeurait fermée, il fit signe à la femme de chambre d'ouvrir avec son passe-partout.

— Oh, miséricorde, murmura Ginger.

La princesse Sophia von Altenhofen gisait sur le lit, le teint pâle comme de la porcelaine, les yeux grands ouverts. Sans vie.

19

Haley se précipita pour lui prendre le pouls, d'abord au cou, puis au poignet. Se retournant vers Ginger et Basil, elle secoua la tête.

— C'est fini, mais le corps est encore chaud. La mort remonte à peu de temps.

Basil se rua dans le couloir, chercha dans les deux sens et réapparut dans la chambre, bredouille.

— Je vais appeler le Yard à la réception. Est-ce que vous pouvez rester ici ?

— Bien sûr, répondit Ginger. Je doute que la personne qui a fait cela revienne sur le lieu de son crime.

Basil hocha la tête, rassuré, et s'éloigna.

Haley se mit à examiner le corps avec soin.

— Êtes-vous en mesure de déterminer la cause de la mort ? s'enquit Ginger.

— À première vue, on lui a brisé la nuque.

— Comme pour Mary Parker ?

— Il semblerait.

Ginger alla de l'autre côté du lit et passa la main sous le matelas. Fronçant les sourcils, elle balaya le sommier du bras.

— Qu'y a-t-il ? s'enquit Haley.

— Le Blue Desire. Il n'est plus là.

— L'assassin est peut-être venu chercher ce qu'il ou elle avait l'intention de voler la première fois.

— Sauf que lady Lyon a avoué que c'était elle qui avait pris la réplique sur le cadavre de Mary Parker.

Ginger se mit à fouiller les tiroirs de la coiffeuse.

— Lady Lyon a pu mentir, suggéra Haley.

Ginger considéra son amie.

— Vous pensez que c'est elle, la coupable ?

— Ma foi, je ne pense pas qu'on puisse l'exclure d'emblée.

— Elle n'avait aucune griffure sur les mains…

Haley releva le menton.

— Je veux bien, mais à part cela…

— Et le message codé sur le papier à cigarette ? Comment s'accorde-t-il avec le reste ?

— Ça, je l'ignore. Ce que je sais, c'est que l'assassin, quel qu'il soit, était au Ritz en même temps que nous.

— Lorsque vous avez traversé la salle, avez-vous remarqué quelqu'un d'autre qui était présent au gala, en dehors de lord Whitmore ?

Haley fit non de la tête.

— Pourquoi ? Pensez-vous que ce soit lui qui a fait cela ? C'est vrai qu'il aurait pu monter l'escalier quatre à quatre pendant que la princesse prenait l'ascenseur.

— Mais je l'aurais croisé dans le hall, je venais tout juste de redescendre par l'escalier.

— À moins qu'il vous ait repérée et qu'il se soit caché derrière une plante verte ou dans les toilettes pour hommes.

Ginger souffla.

— Quel épais mystère…

Basil revint dans la chambre. Ginger lui annonça la disparition du diamant et à quelles conclusions, ou plutôt à quelle absence de conclusion, Haley et elle étaient arrivées.

Peu de temps après, le sergent Scott arriva, flanqué par deux agents. Basil mit Ginger et Haley au courant de ses dernières constatations.

— Il n'y a aucun signe d'effraction.

— Pas de blessures de défense apparentes, ajouta Haley, mais les gants de la princesse lui arrivent aux coudes. On découvrira peut-être des ecchymoses à l'autopsie.

— Il est donc probable qu'elle connaissait son agresseur, déduisit Ginger.

Basil griffonnait dans son calepin.

— C'est ce qu'on dirait, oui.

Un des agents frappa un petit coup à la porte.

— Chef, le médecin légiste est arrivé.

Ginger, qui s'attendait à voir le Dr Watts, réprima sa surprise en voyant le beau Dr Gupta s'avancer.

— Bonjour, inspecteur principal.

Il salua les dames d'un bref hochement de tête et alla examiner le corps. En quelques minutes, il parvint à la même conclusion que Haley.

— On lui a brisé la nuque. Et les traces sont plus marquées d'un côté du cou.

— À gauche ? s'enquit Ginger.

— Peut-être. Cela dépend de la façon dont son agresseur l'a attaquée, par-devant ou par-derrière. J'en saurai plus après l'autopsie. Mais au vu de la température du corps et des lividités cadavériques, j'estime que la mort remonte à une heure.

On frappa à nouveau un petit coup à la porte.

— Chef, l'ambulance est là.

Deux hommes entrèrent dans la chambre avec une civière.

Le Dr Gupta signa les papiers autorisant la levée du corps et se tourna vers Haley.

— Voulez-vous m'assister dans l'autopsie, mademoiselle Higgins ?

— Volontiers.

Elle avait déjà ôté son collier de perles qu'elle tendit à Ginger.

— Je prendrai un taxi pour rentrer.

Ginger regarda Haley s'en aller avec le Dr Gupta, consciente du regard de Basil fixé sur elle. Croisant les bras sur sa poitrine, elle se tourna vers lui.

— J'ai reçu la visite du superintendant Morris, ce matin.

— Ah. Je suppose qu'elle ne s'est pas bien passée.

— Non, en effet. Il m'a tout bonnement accusée d'avoir tué Mary Parker.

— Je suis navré.

— Étiez-vous au courant de ses soupçons ?

— Je savais que cette théorie lui plaisait, reconnut Basil. J'ai bien tenté de l'en dissuader, mais dans ces cas-là, le bonhomme refuse de lâcher son os – un vrai bouledogue. J'ai appris à le laisser foncer droit dans le mur… (Son regard s'adoucit.) Je regrette que vous ayez dû subir ses insultes.

Ginger poussa un soupir de frustration. Elle ne pouvait pas reprocher à Basil les agissements de son supérieur, et puis au moins, il avait tenté de plaider sa cause.

Elle changea de sujet.

— Auriez-vous par hasard croisé lord Whitmore, dans le courant de l'après-midi ?

— Non. Pourquoi l'aurais-je vu ?

— Parce qu'il était au bar, tout à l'heure, en compagnie de la princesse Sophia. Ils étaient… comment dire ? Plutôt à l'aise l'un avec l'autre.

Basil ne put cacher sa surprise.

— Une liaison ?

— C'est l'impression que cela donnait.

— Lui aussi était au gala, réfléchit Basil à voix haute. Ses conquêtes amoureuses ne s'arrêtaient peut-être pas à la princesse… Lassé d'elle, il la tue.

Ginger ouvrit un tiroir de la coiffeuse et se mit à fourrager dans les dessous de la princesse. Lors de sa première visite, elle avait déjà fouillé ces tiroirs, mais dans sa hâte elle pouvait avoir manqué quelque chose.

— J'ai du mal à croire à votre théorie, dit-elle sans lever la tête.

Suivant son exemple, Basil ouvrit la penderie et entreprit d'en examiner le contenu.

— Pourquoi ?

Ginger se figea. Puis se tourna vers lui.

— Je ne sais pas si vous êtes au courant, Basil, mais lord Whitmore travaille pour le MI5.

Basil pivota sur ses talons et la considéra avec stupeur. Puis ses yeux s'emplirent de méfiance.

— Comment savez-vous cela ?

— Tout ce que je peux vous dire, c'est que je l'ai appris durant la guerre. Je pensais qu'il avait pris sa retraite, depuis le temps, mais ce n'est peut-être pas le cas.

Basil fit un pas vers elle :

— Pensez-vous que lord Whitmore a assassiné Mary Parker sur ordre du MI5 ?

— Si elle détenait des renseignements qu'il – ou devrais-je dire, « la Couronne » – ne voulait pas voir sortir du pays, eh bien, oui, c'est possible. Dans ce cas, vous n'obtiendrez jamais sa condamnation. Encore moins si elle travaillait à la fois pour les Russes et pour les Britanniques.

Basil se massa la nuque.

— Et je suppose que cela vaudrait aussi pour le meurtre de la princesse, si jamais c'était lui aussi, le coupable.

— J'en ai bien peur.

— Zut !

Ginger referma le premier tiroir et ouvrit le second.

— La princesse participait-elle à la mission avec la grande-duchesse ou a-t-elle simplement manqué de chance ?

— Bonne question, répondit Basil. Qui pourrait nous renseigner là-dessus ?

Ginger réfléchit et plissa le nez de dégoût :

— Le capitaine Francis Smithwick.

Basil émit un grognement. Il partageait l'antipathie de Ginger pour cet homme. Ils avaient tous deux rencontré le capitaine Smithwick durant la guerre. Ginger avait travaillé sous ses ordres et trouvait ses méthodes… au mieux déplaisantes et au pire, sans scrupule. Désireux de la voir réintégrer son équipe, Smithwick avait intrigué pour s'immiscer à nouveau dans sa vie, à l'automne passé, tandis qu'elle séjournait chez Ambrosia et Felicia à Bray Manor, leur propriété du Hertfordshire. L'homme était allé jusqu'à jouer avec les sentiments de Felicia dans le seul but de l'approcher, et cela, pour Ginger, c'était tout simplement impardonnable. Bien entendu, elle avait refusé.

— Je vais voir si je peux retrouver sa trace, déclara Basil. Entre-temps, il me semble que nous devrions retourner voir lord et lady Whitmore.

20

Ginger insista pour prendre sa Daimler ; elle retrouverait Basil au manoir des Whitmore. Ce serait plus pratique pour rentrer, lui expliqua-t-elle, alors qu'en vérité, elle ne se sentait pas prête à se retrouver en tête à tête avec lui dans un espace clos. Elle avait commis l'erreur de laisser son cœur s'emballer et, malgré tous ses efforts, elle était incapable d'en revenir à leur relation passée : collègues, et rien de plus. La subtile eau de Cologne de Basil n'arrangeait pas les choses.

Arrivé avant elle au manoir des Whitmore, il lui ouvrit la portière et l'aida à sortir de la Daimler. Si la galanterie de l'inspecteur principal figurait parmi les qualités qui avaient séduit Ginger, elle aurait préféré qu'il se conduise de façon un peu plus mufle, à présent.

Un majordome au visage de marbre leur ouvrit la porte.

— Inspecteur principal Reed et lady Gold. Lord et lady Whitmore sont-ils chez eux ?

— Oui. Donnez-vous la peine d'entrer.

Le majordome referma vite la porte pour ne pas laisser s'engouffrer le vent glacial du soir. La chaleur d'une cheminée toute proche enveloppa Ginger de son odeur piquante.

— Lady Whitmore est au séjour et lord Whitmore, dans son bureau.

— Nous aimerions voir lady Whitmore, dit Basil. Ensuite, vous pourrez nous conduire au bureau de lord Whitmore.

Le majordome leur fit traverser le vestibule jusqu'à l'entrée du séjour dont la porte était entrouverte.

— L'inspecteur principal Reed et lady Gold, madame.

Le majordome se retira en fermant la porte derrière lui.

Lady Whitmore les contempla, bouche bée. Il lui fallut quelques secondes pour reprendre ses esprits. Remise de son ébahissement, elle se leva pour les accueillir.

— Mais quelle surprise !

— J'ai quelques questions à vous poser, madame, dit Basil.

— Je m'en doutais. Il est trop tard pour les visites de courtoisie impromptues. Asseyez-vous, je vous en prie.

Lady Whitmore regagna son fauteuil orienté vers l'âtre tandis que Ginger et Basil prenaient place chacun à un bout d'un canapé Chesterfield en peluche.

Lady Whitmore joignit les mains sur les genoux.

— Eh bien, en quoi puis-je vous aider ?

Ginger se lança :

— Lady Whitmore, que cherchiez-vous au premier étage de ma boutique ?

Lady Whitmore, surprise, battit des cils.

— Je pensais que vous souhaitiez recueillir des renseignements sur… quelqu'un d'autre.

— Et sur qui ? l'interrogea Basil.

— Ma foi, je ne sais pas. C'est ce que viennent chercher la plupart de mes visiteurs.

— Des commérages ? s'enquit Ginger.

— Je préfère le terme « conseil ».

Si lady Whitmore s'imaginait avoir distrait Ginger de sa première question, elle se trompait.

— Que vous attendiez-vous à trouver dans ma boutique, lady Whitmore ?

La dame se tordit les mains tandis que ses yeux balayaient le plafond.

— Je devine que vous le savez déjà, puisque vous êtes venue me poser la question.

— J'aimerais malgré tout l'entendre de votre bouche.

Lady Whitmore regarda Ginger. On aurait dit un animal piégé.

— C'était un accessoire vestimentaire. Je n'en dirai pas plus.

— Était-ce lord Whitmore qui vous avait demandé d'y aller ? demanda Basil.

— Je ne puis vraiment pas vous le dire.

Basil se leva.

— Merci de nous avoir reçus, lady Whitmore.

Le regard de la matrone passa de Basil à Ginger, puis se posa sur ses mains. Elle devait se féliciter de s'en être tirée si facilement, pensa Ginger. Ne s'était-elle donc pas aperçue qu'en refusant de parler, elle leur avait fourni la réponse à leur question ?

— Je suis toujours ravie de pouvoir rendre service.

— Dans ce cas, répliqua Basil, pourriez-vous nous indiquer le bureau de lord Whitmore, je vous prie ?

Lady Whitmore pâlit.

— Pourquoi voulez-vous le voir ?

— Pour lui poser quelques questions d'ordre général, madame.

Lady Whitmore sonna le majordome.

— Milroy, veuillez prévenir lord Whitmore qu'il a de la visite.

Elle tourna les talons et, tête basse, regagna le séjour. Que savait-elle au juste sur les agissements de son mari ? se demanda Ginger. Sans doute déjà trop, à en juger par son embarras. Lord Whitmore ne cacha pas son déplaisir à ce qu'on vienne troubler sa solitude. Il était en train de finir un verre de whisky et ce ne devait pas être le premier, estima Ginger.

— Eh bien, entrez et asseyez-vous ! soupira-t-il. Voulez-vous boire quelque chose ?

— Non, merci, répondit Basil.

Ginger savait que l'inspecteur principal n'aimait pas boire pendant le service. Dans son métier, garder l'esprit clair était essentiel. C'était même parfois une question de vie ou de mort.

— Je doute fort qu'il s'agisse d'une visite de courtoisie, grommela lord Whitmore. Alors, ne perdons pas de temps en civilités inutiles.

— Que pouvez-vous nous dire au sujet de Mary Parker ?

— Pas grand-chose.

— Quand vous êtes-vous rendu compte que la grande-duchesse n'en était pas une ?

Lord Whitmore haussa les épaules.

— En même temps que tout le monde, probablement. Je l'ai appris par les journaux.

Ginger s'attendait à ce que l'homme ne soit pas très bavard. Basil allait-il lui parler du papier de cigarette ? Pas forcément. Après tout, ils étaient là pour élucider une affaire de meurtre – et même deux –, pas pour débrouiller une crise diplomatique.

— Que savez-vous d'un certain pendentif, un diamant bleu connu sous le nom de Blue Desire ? demanda Basil.

Lord Whitmore posa son verre sur le bureau avec plus de force que nécessaire.

— J'exige de savoir de quoi il en retourne. Tout ceci relève de l'impertinence et qui plus est, vous me faites perdre mon temps.

— Aviez-vous une liaison, lord Whitmore ? s'enquit Ginger. Avec la princesse Sophia von Altenhofen ?

Lord Whitmore bondit de son fauteuil.

— En voilà assez ! Je vais vous demander de partir !

Basil demeura de marbre.

— Lord Whitmore, dit-il calmement. Avez-vous tué la princesse ?

La colère de lord Whitmore retomba aussitôt et il se rassit lentement dans son fauteuil.

— Que dites-vous là ?

— La princesse Sophia von Altenhofen a été assassinée ce soir.

Ginger observa l'expression de lord Whitmore. Elle le savait rompu à l'art de maîtriser ses émotions, de jouer le rôle qui lui était imparti, mais il n'en restait pas moins humain. Son teint rougeaud devint cramoisi. Depuis cinq ans que la guerre était finie, il avait eu le temps de perdre la pratique. Ginger était bien placée pour le savoir.

— Juste ciel…

Son visage devint gris de cendre et il vida le fond de son whisky.

— Quand avez-vous vu la princesse pour la dernière fois ? demanda Basil.

— En tout début de soirée, au bar du Ritz, ainsi que vous devez le savoir, répliqua lord Whitmore. Sinon pourquoi seriez-vous venu m'interroger ?

Basil concéda ce fait d'un hochement de tête.

— Quelle heure était-il quand vous l'avez quittée ?

— Je suis parti à 9 heures.

Basil jeta un coup d'œil à Ginger qui acquiesça d'un imperceptible signe de tête. C'était bien l'heure à laquelle elle était redescendue du dernier étage, à l'instant même où la princesse entrait dans l'ascenseur.

Lord Whitmore poursuivit :

— Je peux vous affirmer que la princesse était bel et bien en vie à ce moment-là. Je l'ai même vue entrer dans l'ascenseur.

— Aviez-vous réellement une liaison avec la princesse, lord Whitmore, ou bien était-ce une mise en scène ? demanda Ginger en le regardant d'un air entendu.

Lord Whitmore se laissa aller dans son fauteuil avec un soupir.

— Non, c'était bien une liaison… Naissante. Nous n'avions même pas… Je vous en prie, il n'est pas nécessaire que ma femme l'apprenne.

— Nous vous promettons de ne révéler que les éléments indispensables à la résolution de ces meurtres. (Basil se leva.) Nous vous reverrons quand nous aurons d'autres questions.

Avant de s'en aller, Ginger lui posa une dernière question.

— Lord Whitmore, la princesse avait-elle été recrutée par le MI5 ?

Lord Whitmore secoua lentement la tête.

— Non. Nous nous sommes rencontrés le soir de votre gala, lady Gold. (Il désigna la porte du bureau.) Milroy va vous raccompagner.

Basil et Ginger sortirent du bureau tandis que lord Whitmore se servait un autre verre.

21

Le lendemain matin, la comtesse roumaine, Andreea Balcescu, poussa la porte de Plumes & Styles à la grande surprise de Ginger. La grande dame était vêtue d'un long manteau en laine rouge brique bordé de fourrure et d'une écharpe en laine bleu pastel.

— Bonjour, comtesse ! Vous n'imaginez pas à quel point je suis contente de vous voir. On m'avait dit que vous vous étiez volatilisée.

La comtesse fit claquer ses lèvres rouge rubis.

— Vous, les Anglais, vous faites toujours un drame pour rien. Je n'ai jamais quitté le Brown's Hotel. J'y étais simplement sous un autre nom.

— Pourquoi cela ?

La comtesse fit claquer sa langue.

— Il est clair que vous n'avez pas séjourné à l'Est depuis quelque temps.

— Certes, j'imagine qu'on ne peut jamais être trop prudent. Y aurait-il dans la boutique quelque chose qui vous intéresse ?

— Je préfère d'abord regarder, si cela ne vous ennuie pas.

— Mais je vous en prie. Si vous souhaitez un conseil, n'hésitez pas à faire appel à moi ou à Mme Roux.

Ginger s'affaira au comptoir, feignant de ne pas observer la comtesse alors qu'elle épiait ses moindres faits et gestes. L'entrée d'autres clientes créa une petite diversion. Ginger demanda à Mme Roux d'aller les accueillir. Du coin de l'œil, elle vit la comtesse Balcescu jeter un bref regard derrière elle avant de grimper à l'étage.

Ginger eut un petit sourire. Même la noblesse s'intéressait aux vêtements de confection… Mme Roux revint lui demander s'il fallait changer la tenue des mannequins en vitrine. Ginger acquiesça et lui donna ses consignes, oubliant momentanément la comtesse Balcescu. Depuis combien de temps était-elle là-haut ? Dorothy l'aidait-elle à essayer des articles ?

Mais non, Dorothy revenait à peine de l'arrière de la boutique. Alors que Ginger décidait de s'aventurer à l'étage, la comtesse réapparut.

— Comtesse Balcescu… Puis-je vous aider ?

La comtesse hésita.

— Cela va vous paraître stupide, mais je crois que j'ai perdu quelque chose au premier étage, le soir du gala. J'avoue que, par curiosité, j'étais allée faire un petit tour là-haut. Je voulais simplement voir si je pouvais remettre la main dessus.

— Qu'avez-vous perdu, au juste ? Je vais demander aux filles si elles ont trouvé quelque chose.

— Non, ce n'est pas la peine. Il n'y est pas. Je dois m'être trompée, j'ai dû le perdre ailleurs. Bonne journée, lady Gold.

La comtesse se pressa vers la sortie.

— Qu'avez-vous donc perdu ?

Se pouvait-il que la comtesse cherchât elle aussi le châle et le petit message dissimulé à l'intérieur ?

Mais la comtesse Balcescu était déjà dehors. Dans sa précipitation, elle ne s'était pas aperçue que son écharpe en laine bleue avait glissé par terre. Ginger la ramassa. Une légère odeur d'après-rasage émanait du tissu, à peine perceptible sous le parfum capiteux que portait toujours la comtesse. Une idée traversa l'esprit de Ginger : et si la princesse Sophia n'avait pas été l'unique conquête de lord Whitmore… ?

Il y avait quelque chose de bigrement étrange dans l'attitude de la comtesse Balcescu. Sans prendre le temps d'enfiler son manteau, Ginger la suivit dans la rue. Mais la comtesse avait le pied leste pour une femme de sa corpulence. Ginger eut à peine le temps d'apercevoir son manteau rouge au coin de la rue.

Trottinant après la dame, Ginger faillit glisser sur le trottoir mouillé. Elle n'était pas chaussée pour ce genre de temps. En outre, la pluie était en train d'abîmer sa pauvre robe et sa coiffure ! Malgré tout, elle tourna au même endroit que la princesse.

Elle balaya la rue du regard : pas le moindre manteau rouge brique. La station de métro Piccadilly Circus était toute proche. Ginger, tête rentrée et bras croisés sur la poitrine, suivit la foule qui s'y pressait, des gens fatigués de marcher sous la pluie. C'était un soulagement de se retrouver au sec, mais le vent qui mugissait dans le tunnel était glacé.

D'une manière fort peu féminine, Ginger glissa sur une marche. Sa dignité fut sauvée par la rampe, mais pas ses bas. Elle sentit l'échelle filer jusqu'en haut de sa cuisse.

Sur le quai, elle vit un manteau rouge se glisser dans l'une des voitures alors que les portes se refermaient et que la rame repartait.

Ginger soupira. Elle n'avait pas attrapé la comtesse, mais un rhume, sûrement ! Elle retourna à la boutique, trempée jusqu'aux os.

— *Mon Dieu* ! s'exclama Mme Roux, en la voyant entrer, toute dégoulinante. Quelle mouche vous a piquée de sortir ainsi ?

Ginger chercha une explication plausible.

— J'ai cru apercevoir quelqu'un par la vitrine…

— Ne bougez pas ! Je ne veux pas que vous mettiez des gouttes sur le parquet.

Mme Roux s'éclipsa derrière la tenture et revint avec le manteau de Ginger.

— Rentrez vite chez vous avant d'attraper une pneumonie !

Ginger s'empressa d'enfiler son manteau en laine dont elle resserra les pans autour de sa poitrine, se délectant de sa chaleur. Ce qu'il lui fallait maintenant, c'étaient des vêtements secs et une bonne tasse de thé !

22

Mme Roux avait incité Ginger à rentrer à la maison, sur-le-champ ! Et Ginger avait accepté. Ce n'était pas bon pour son commerce qu'on la vît noyée comme un rat. De plus, elle n'avait pas de temps à perdre pour un rhume !

— Laissez donc votre chapeau mouillé ! Prenez plutôt le mien, insista Mme Roux.

Ginger l'empêcha de repartir à l'arrière de la boutique, là où elles rangeaient leurs affaires personnelles.

— Non, non, madame Roux. Que vous resterait-il à vous mettre sur la tête ? En outre, j'ai tout un mur de chapeaux à ma disposition – je n'ai que l'embarras du choix ! S'il vous plaît, décrochez-moi le chapeau cloche en laine bleue.

La gérante obéit et Ginger se coiffa du chapeau.

— Merci, madame Roux. Surtout, n'oubliez pas de le consigner au registre, il faudra que je pense à remettre l'argent dans la caisse.

— Je n'y manquerai pas. Et maintenant, filez !

Mme Roux était pressée de la voir sortir de la boutique et en toute franchise, Ginger pouvait la comprendre.

La Daimler était garée en face de Plumes & Styles. C'était difficile de faire plus près. L'ennui, c'est qu'à moins de couper en courant dans le flot de véhicules à moteur, elle devait marcher jusqu'au carrefour où un agent de la circulation dirigeait les conducteurs courroucés. De la neige fondue avait commencé à tomber, ce mauvais temps ne poussait pas les automobilistes à ralentir. On aurait dit que tout le monde était pressé, aujourd'hui. Comme on oubliait vite ce à quoi ressemblaient les déplacements à cheval ou en fiacre, depuis qu'on roulait à vingt-cinq kilomètres à l'heure en ville ! On ne remarquait même plus les voitures hippomobiles qui continuaient de se partager la chaussée avec les voitures à moteur.

Ginger s'installa dans la Daimler, maudissant la complexité de son fonctionnement, et se promit à nouveau de s'acheter une automobile plus récente, un de ces jours. Elle régla l'allumage, enclencha l'accélérateur, tira le starter et appuya de tout son poids sur le bouton du démarreur. Le moteur se mit à toussoter.

Écrasant la pédale d'embrayage, elle passa la première, et le pied gauche toujours au plancher, elle appuya sur l'accélérateur. Le moteur rugit. La Daimler ne possédait pas de chauffage, mais il suffisait de faire démarrer ce monstre pour se mettre à transpirer.

Contrairement à Boston où les fortes chutes de neige étaient normales en hiver, elles étaient plus rares à Londres où, quand il neigeait, ce n'était pas à gros flocons et pas de façon prolongée. Les Londoniens étaient plus habitués à de mornes et interminables journées de pluie. Par conséquent, les conducteurs étaient peu entraînés à rouler dans de telles conditions météorologiques. Après tant d'hivers passés en Amérique, Ginger avait oublié cette réalité… Elle mit le clignotant pour s'insérer dans la masse dense de véhicules qui avançaient au pas vers Mayfair. Il fallait vraiment que la municipalité se décide à dessiner des lignes sur la chaussée afin de délimiter clairement les voies, pensa Ginger. Un jour, quelqu'un allait avoir un…

L'automobile qui la précédait pila net. Ginger eut beau donner un grand coup de frein, elle patina sur la couche de neige fondue et tamponna le pare-chocs arrière de l'autre véhicule. Ginger fut projetée contre son siège alors qu'au même instant, la Daimler était percutée à l'arrière. Un concert de klaxons s'éleva.

Ginger se prit la nuque et poussa un petit cri de douleur.

— Aïe, ma parole !

Elle voulut ouvrir la portière du conducteur… impossible. Elle était coincée à l'intérieur de l'automobile ! Un homme se jeta sur la portière du passager, l'ouvrit en grand et lui tendit la main.

— Attendez, madame, je vais vous aider ! lui dit-il avec un fort accent cockney

— Je ne sais pas si je peux passer sur l'autre siège, gémit Ginger. J'ai très mal à la nuque.

— Allez-y doucement, madame. Si vous pouvez marcher, je suis garé pas loin d'ici, dans la rue à côté.

Ginger obéit. Elle défit son manteau pour avoir plus de liberté de mouvement et parvint à passer par-dessus le levier de vitesse.

— C'est vraiment très aimable à vous, monsieur…

— Ward.

— Monsieur Ward.

L'homme effleura le bord de sa casquette.

— Si c'était ma femme qui avait eu un pépin de ce genre, je serais bien content qu'on lui file un coup de main.

Un agent de police s'approcha.

— Est-ce votre automobile, madame ?

Ginger regarda sa Daimler avec ses deux pare-chocs emboutis et ses phares brisés.

— Oui. Puis-je la laisser ici ?

— On va la remorquer, madame. Puis-je avoir votre nom et votre numéro de téléphone, si vous en avez un ?

— Lady Gold. Mallowan 1355.

L'agent nota les indications dans son calepin.

— Avez-vous vu ce qui s'est passé ?

M. Ward l'interrompit.

— Monsieur l'agent, cette dame n'est pas bien.

Ginger s'aperçut qu'elle tremblait comme une feuille.

— Bon, d'accord. On vous appellera, lady Gold.

Ginger s'éloigna au bras de M. Ward en se tenant la nuque.

— S'il vous plaît, monsieur, pourriez-vous aller récupérer mon sac à main ?

Toujours serviable, l'homme repartit en courant vers la Daimler, ramassa le sac sur le plancher et l'apporta à Ginger qui était en train de noter dans son esprit le numéro d'immatriculation du véhicule de M. Ward. Elle demanderait à Pippins de lui faire parvenir un témoignage de remerciement.

Ginger n'était pas la seule conductrice à avoir été transportée chez le médecin le plus proche, le Dr Warren Longden. Elle avait fait la connaissance de ce dernier lors d'une affaire précédente, quand un lord avait apparemment succombé à une crise cardiaque dans le salon de Hartigan House – par la suite, l'enquête avait dévoilé une vérité bien plus sinistre.

Une infirmière accompagna Ginger jusqu'à l'une des pièces réservées aux patients, lui posa quelques questions préliminaires et consigna les réponses dans son dossier médical.

En attendant son tour, Ginger se récapitula en pensée le déroulement de l'affaire depuis le début. Le diamant bleu de Mary Parker, la fausse grande-duchesse russe, était un vulgaire strass. Mlle Parker avait déposé son châle contenant un message secret au premier étage de Plumes & Styles, trop tôt pour que son destinataire ait la possibilité de le récupérer. Lady Lyon avait ensuite dérobé le faux diamant de Mlle Parker, mais, selon ses déclarations, cette dernière était déjà morte.

La princesse Sophia von Altenhofen savait pertinemment que ce soir-là, Mlle Parker portait une réplique, puisque le véritable diamant bleu se trouvait sous le matelas de sa suite au Ritz. Lord Whitmore, agent secret britannique, avait pris soin de ne pas s'impliquer dans le meurtre de Mlle Parker. Il ne leur avait donné aucun renseignement sur le message dissimulé dans une poche du châle, ni sur le code employé. Le lendemain, il avait envoyé sa femme récupérer le châle – sans succès.

Lord Whitmore avait en revanche reconnu qu'il entretenait une liaison avec la princesse. Trempait-elle également dans une affaire d'espionnage ? Cela restait à démontrer.

Le Dr Longden s'annonça d'un petit coup frappé à la porte.

— Lady Gold, dit-il d'un ton affable, ses lunettes remontées sur ses cheveux gris. Il paraît que vous avez eu un accident d'automobile.

— En effet. Avec la neige fondue, la chaussée s'est transformée en patinoire.

— Quatre véhicules se sont heurtés, m'a-t-on dit.

Le Dr Longden chaussa ses lunettes au bout de son nez afin de lire ses notes.

— Apparemment, vous étiez dans la troisième automobile.

— Comment le savez-vous ?

— Je viens de soigner le gentleman qui conduisait le véhicule que vous avez percuté à l'arrière.

Ginger laissa échapper un gémissement. Les quatre automobiles avaient sûrement été remorquées jusqu'à un atelier de mécanique en vue de réparations…

De la poche de sa blouse blanche, le médecin tira une lampe torche, toute petite, mais très puissante, et la lui braqua dans les yeux.

— Où avez-vous mal ?

— À la nuque, une douleur qui m'élance jusqu'au sommet du crâne.

— Oui. Je crains que, sous la violence du choc, vous ayez trop contracté les muscles du cou.

— Je vois. Y a-t-il un remède à cela ?

— De l'aspirine contre la douleur. Du repos, bien entendu… Mais surtout, il est impératif que vous ménagiez votre nuque. Par chance, le choc s'est produit à une vitesse réduite. Je vais vous équiper d'un collier cervical afin d'accélérer le processus de guérison.

Oh, miséricorde...

— Vous devriez peut-être vous allonger en attendant.

Une immense fatigue s'abattit sur Ginger. Elle faillit opiner de la tête, mais se reprit *in extremis*.

— Très bien, docteur.

Le médecin l'aida à s'allonger sur la table d'examen en lui soutenant la tête jusqu'à ce qu'elle repose sur l'oreiller.

Ginger ferma les yeux aussitôt.

On frappa un petit coup à la porte et l'infirmière entra.

— Lady Gold, il y a quelqu'un qui insiste pour vous voir. Comme c'est votre pasteur, je lui en ai donné la permission.

Ginger sourit en voyant la silhouette dégingandée et le sourire asymétrique d'Oliver Hill. Le prêtre la regarda, les yeux pleins d'inquiétude.

— Ginger, je suis venu dès que j'ai su la nouvelle.

— Mais comment l'avez-vous apprise ?

— Il se trouve que l'un de mes paroissiens a été témoin de la collision. Il vous a reconnue.

— Satanés cheveux roux…

Oliver sourit.

— Vous allez vous en remettre, n'est-ce pas ?

— Bien sûr. J'attends simplement qu'on m'apporte un ravissant collier, puis le bon docteur m'autorisera à rentrer à la maison.

Oliver se gratta la tête, perplexe.

— Un collier ?

— Cervical.

— Ah, bien sûr.

— C'est très gentil à vous d'être accouru à mon chevet, Oliver. Toute cette histoire m'a causé une belle frayeur, je vous l'avoue. J'ai bien cru que je m'étais fait le coup du lapin. Je n'ai jamais été aussi heureuse de pouvoir remuer les doigts et les orteils. En fait, c'est le froid qui les avait raidis.

Oliver lui posa une main réconfortante sur le bras.

— Je suis toujours là pour vous, Ginger.

À nouveau, on frappa à la porte. C'était encore l'infirmière.

— Vous êtes une dame très appréciée, lady Gold. S'il ne s'agissait pas d'un inspecteur principal…

— Basil ?

— Je ne voudrais surtout pas être importun, s'excusa Basil en ôtant son chapeau. Mais on m'a signalé l'accident. Votre nom était sur la liste des conducteurs impliqués… Je tenais à m'assurer que vous alliez bien.

— Comme j'étais en train de le dire au révérend Hill, j'attends que le médecin m'apporte un collier cervical. Ensuite, je pourrai rentrer chez moi.

Oliver s'éloigna de la table d'examen. La pièce était exiguë et les deux hommes avaient du mal à se placer de manière à garder la distance de rigueur.

Oliver fut le premier à tendre la main.

— Bonjour, inspecteur principal. Je ne pense pas que nous nous connaissions. Je suis Oliver Hill, j'officie à l'église Saint-George, dans la Cité de Londres.

Les deux hommes échangèrent une poignée de main.

— Enchanté, révérend Hill, dit Basil.

Son regard alla de Ginger à Oliver.

— Et d'où vous connaissez-vous ?

— Ginger… lady Gold, a eu la grande générosité de mettre sur pied, avec l'aide du diocèse, une œuvre de bienfaisance qui s'occupe de donner à manger aux enfants des rues.

Basil inclina la tête.

— La générosité de lady Gold n'est plus à démontrer.

Ginger était très embarrassée.

— C'est le révérend Hill qui fait presque tout le travail.

— Enfin, avec l'aide de ma secrétaire, Mme Davies. Elle a le sens de l'organisation.

Basil pianota sur son feutre.

— Formidable.

Un silence gênant s'installa.

Ginger ne pouvait s'empêcher de comparer les deux hommes plantés côte à côte. Très droit, le regard préoccupé, Basil affichait une beauté classique : traits fins et réguliers, cheveux bruns, yeux noisette. Un costume bien coupé, une cravate seyante, des chaussures en cuir ciré et un chapeau neuf complétaient son allure. Incarnation de la loi, il dégageait une indéniable autorité.

Grand et mince, Oliver avait au contraire tendance à se voûter. Ses yeux bleu-vert étaient frangés de cils pâles, son nez parsemé de taches de rousseur. En dépit de toute l'huile capillaire qu'il employait pour discipliner sa tignasse, quelques-unes de ses boucles se rebellaient. Loin des canons de la beauté masculine, il avait des traits agréables, une bonhomie souriante et une gaieté enfantine. Le port de la soutane noire et du col blanc lui conférait une certaine autorité qui se cantonnait néanmoins au domaine du spirituel.

Ginger fut tirée de sa rêverie par le retour du Dr Longden. Ce dernier regarda les deux hommes avec surprise.

— Bonjour, inspecteur principal Reed. Bonjour, révérend Hill.

Le Dr Longden avait travaillé avec Basil sur le meurtre qui avait été commis dans le salon de Hartigan

House. Mais comment se faisait-il qu'il connût Oliver ? se demanda Ginger.

Celui-ci lui fournit la réponse.

— Vous nous avez manqué à Saint-George, docteur.

— Eh, oui… j'ai été très pris par mes patients. Ce dimanche, peut-être. (Il se glissa entre les deux hommes en tenant un collier cervical en l'air.) Hum, si cela ne vous dérange pas, messieurs…

— Je vous attends dehors, Ginger, déclara Basil. Je me ferai un plaisir de vous reconduire chez vous.

— Non, non, protesta Oliver. Je serai ravi de vous ramener, Ginger.

Ginger trancha :

— Oliver a raison, inspecteur principal. Vous avez d'autres… *responsabilités*.

L'expression frustrée de Basil la mit en joie. Après tout, il fallait bien tenir compte d'Emelia Reed.

— Très bien. Bonne journée, répliqua Basil avec mauvaise grâce.

Il se recoiffa de son feutre mou, la salua d'un bref signe de tête et tourna les talons.

Oliver, lui, arborait un large sourire. On aurait dit un boxeur qui avait remporté le premier round.

Et qui sait, songea Ginger. C'était peut-être le cas.

23

Ginger ne put échapper au regard vigilant de Pippins, d'autant moins qu'elle entra par la grande porte au bras d'Oliver Hill, et non par celle de la cuisine qui communiquait avec le garage.

À la vue du collier cervical, le vieux majordome se décomposa.

— Juste ciel, madame !

— Votre maîtresse a eu un accident d'automobile, expliqua Oliver.

Pippins se précipita.

— Êtes-vous gravement blessée, madame ?

— Pas du tout. Un bain chaud et une bonne tasse de thé suffiront à me remettre d'aplomb.

— J'envoie tout de suite Lizzie vous faire couler un bain. Où aimeriez-vous vous installer en attendant ? Dans le petit salon ou en haut ?

— Je pense que je vais aller droit dans ma chambre.

Ginger avait hâte de pouvoir ôter ses vêtements mouillés.

— J'aiderai lady Gold à monter l'escalier, déclara Oliver.

Rassuré, Pippins s'inclina et partit en quête de Lizzie.

— Appuyez-vous sur moi pour ne pas tomber.

Ginger acquiesça et gravit lentement les marches, s'accrochant d'une main à la balustrade et de l'autre au bras d'Oliver. Par malheur, ils rencontrèrent Ambrosia qui descendait.

— Oh, Seigneur ! Georgia ! Mais que diable… ?

— Ce n'est rien, grand-mère. J'ai simplement eu un petit accident d'automobile.

— Je le savais ! Cela ne pouvait qu'arriver, avec ces engins ! Chacun veut une automobile, de nos jours. Rien d'étonnant à ce qu'il n'y ait plus assez de place pour tout le monde sur la route.

Elle secoua la tête pour bien marquer sa désapprobation.

— La faute en revient à la neige fondue, grand-mère.

— Mais vous êtes blessée !

— Un muscle froissé, rien de plus. Je serai sur pied en un rien de temps.

Ambrosia fixa Oliver d'un regard méfiant.

— Vu que vous êtes homme d'Église, je vous autorise à aider lady Gold à gagner sa chambre, mais n'en dépassez pas le seuil d'un centimètre !

— Bien, madame, répondit Oliver avec gravité. Soyez sans inquiétude, cette pensée ne m'aurait jamais traversé l'esprit.

Ambrosia reprit sa descente, une main crispée sur la balustrade, l'autre appuyée sur le pommeau d'argent de sa canne.

Ginger s'arrêta devant la porte de sa chambre.

— À partir d'ici, je peux me débrouiller toute seule, et puis maintenant que vous êtes officiellement mon ami, il est de mon devoir de vous épargner le courroux de ma belle-grand-mère.

Oliver sourit et s'inclina.

— J'ai été ravi de vous conduire jusqu'ici.

Ginger posa la main sur le bouton de porte.

— Eh bien, merci.

— Puis-je vous poser une question ? Je vous en prie, n'y voyez ni présomption ni indélicatesse de ma part, mais…

Oliver détourna la tête, gêné, puis regarda Ginger droit dans les yeux.

— Serez-vous toujours des nôtres au bal ?

— Au bal ? Ah oui, le bal de bienfaisance…

Dans toute cette agitation, Ginger avait complètement oublié le modeste événement.

— Quand est-ce, déjà ?

— Samedi soir. Mais je peux tout à fait comprendre qu'avec votre…

Ginger porta la main à son collier cervical. Le cachet d'aspirine que lui avait donné le Dr Longden avait fait son effet. Sa nuque la faisait bien moins souffrir. Samedi soir ? Il lui restait quatre jours avant le bal.

— Écoutez, je pense que je devrais être en état d'y assister, Oliver. En revanche, cela m'étonnerait que je puisse danser.

— En tout cas, je viendrai vous chercher puisque vous n'avez plus d'automobile. Votre dévouement donnera l'exemple et servira notre noble cause. Oh, j'espère vraiment que vous ne me jugez pas insensible à votre état. Votre santé et votre confort passent avant tout, cela va de soi.

— Ne vous tracassez pas, Oliver. Je tiens autant que vous à ce que ce bal soit un succès.

— Formidable ! Je viendrai donc vous chercher à 7 heures.

Tout cela ressemblait à s'y méprendre à un rendez-vous galant, songea Ginger avec contrariété. Si, sur le principe, elle avait accepté l'amitié d'Oliver, il ne fallait pas qu'il s'imagine que leur relation puisse aller au-delà.

— Mlle Gold et la lady douairière auront également besoin d'un chauffeur.

— Parfait ! Ce sera un honneur pour moi de transporter toutes les dames Gold. Je passerai donc vous chercher toutes ensemble à 7 heures.

Oliver hésita, puis prit conscience de la gêne de Ginger.

— Je vous envoie votre femme de chambre.

— Merci, Oliver.

Il fallait rendre justice au révérend Hill pour sa prévenance.

Ginger s'installa dans l'un des fauteuils de sa chambre et entreprit d'ôter un par un ses vêtements mouillés. Ces maudits collants, en particulier, lui collaient à la peau. Un instant, elle songea à les découper aux ciseaux.

En entendant Lizzie frapper à la porte, elle se laissa aller contre le dossier, soulagée.

— Votre bain est prêt, madame. Le révérend Hill m'a dit que vous aviez besoin d'aide pour vous déshabiller.

— C'est exact, oui.

Lizzie ôta les vêtements de Ginger de ses mains expertes, avec la discrétion inhérente à sa charge.

— Le révérend Hill est plutôt bel homme, non ?

Ginger se figea.

— Peut-être, oui.

— Savez-vous s'il est marié ?

La question de sa femme de chambre agaça Ginger qui ne se sentait pas le droit d'éprouver autre chose que de l'amitié pour Oliver. En effet, une affection plus tendre l'aurait obligée à l'épouser, ce qu'elle ne pouvait envisager.

— À ce que j'ai compris, il est actuellement célibataire, répondit-elle.

— Je vois.

Lizzie enveloppa Ginger dans un peignoir en soie et l'aida à marcher jusqu'à la salle de bains au dallage noir et blanc.

Une carpette jaune s'étalait devant la baignoire à pattes de lion. Ginger ôta son collier cervical, le confia à Lizzie, puis s'allongea avec précaution dans la baignoire. L'eau l'enveloppa comme de la soie. Elle s'y enfonça jusqu'au menton, dans l'espoir que la chaleur lui dénoue les muscles de la nuque.

— J'ai ajouté des sels de bain, dit Lizzie. Il paraît que ça détend.

— Merci, Lizzie, vous êtes une perle. Je vous appellerai lorsque je serai prête à sortir.

Lizzie posa la clochette au bord de la baignoire et laissa Ginger seule.

Ginger allait agiter la clochette lorsque Lizzie frappa à la porte de la salle de bains.

— Madame, vous avez une visite. J'ai bien dit à ce monsieur que vous étiez souffrante, mais il a répondu que c'était urgent.

« Urgent » ? En un éclair, Ginger entrevit toutes les possibilités. C'était forcément Oliver ou Basil.

— Qui est-ce ?

— Un certain capitaine Smithwick, madame.

En dépit de la chaleur du bain, le sang de Ginger se figea.

— Où est-il ?

— Au petit salon.

Ginger retint sa respiration avant de se souvenir des projets de Felicia pour la journée. Par chance, sa jeune belle-sœur passait une audition en compagnie de Matthew Haines à l'Abbott Theater.

Ç'aurait été affreux qu'elle tombe sur Smithwick après la façon dont il l'avait traitée. Ce goujat avait fait croire à Felicia qu'il la trouvait à son goût, au point de s'apprêter à lui demander sa main. Mais ce n'était qu'un infâme stratagème pour approcher Ginger, avait-il fini par avouer.

— Dites au capitaine que je vais le recevoir sous peu.

— Bien, madame. En attendant, ne bougez pas, je vais vous aider à vous préparer.

Ginger tenta de se soulever, mais sa tête se remit à l'élancer violemment sous l'effet de ses muscles contractés. Découragée, elle comprit qu'elle ne pouvait pas se passer de sa femme de chambre. Lizzie ne tarda pas à revenir et, en un rien de temps, Ginger se retrouva au sec, la nuque bien soutenue par le collier cervical.

Sans le caractère « urgent » de sa visite, Ginger n'aurait eu aucun scrupule à laisser mariner le capitaine, mais ce dernier avait piqué sa curiosité. Manifestement, Basil avait réussi à le joindre puisqu'il patientait dans son salon.

— La robe de thé verte ira très bien, dit-elle à Lizzie. Et mon écharpe en soie blanche. Elle ne pourra pas totalement masquer ce collier si peu seyant, mais ce sera mieux que rien.

Lizzie obéit. Elle lui farda joliment le visage et l'aida à enfiler ses chaussures à lanière.

Ginger tourna lentement sur elle-même devant le miroir.

— Qu'en penses-tu, Boss ?

Le chien remua frénétiquement sa petite queue en signe d'approbation. Il s'étira, sauta du lit et suivit Ginger hors de la chambre.

— Avez-vous besoin de mon aide en bas, madame ? s'enquit Lizzie.

— Non, cela devrait aller. Je me sens vraiment beaucoup mieux. (Enfin, si l'on exceptait le léger mal de tête qui palpitait à la base de sa nuque.) En revanche, je prendrais volontiers un autre cachet d'aspirine avant de descendre. Voulez-vous bien me faire passer le flacon que m'a donné le Dr Longden ? Vous le trouverez dans la poche de ma robe de chambre.

Lizzie fit tomber un cachet dans sa main. Elle le tendit à Ginger avec un verre d'eau qu'elle prit sur la table de chevet.

— Merci, dit Ginger avant d'avaler l'aspirine.

Une fois en bas, elle marqua une pause devant les portes du salon et inspira un grand coup. Puis elle entra dans la pièce avec toute l'assurance dont elle se sentait capable.

— Capitaine Smithwick. Quelle surprise…

Le thé avait été servi et le capitaine posa sa tasse et sa soucoupe avant de se lever. C'était un homme grand, d'allure imposante. Ginger l'avait toujours vu en uniforme, mais pour l'occasion il avait revêtu un costume à fines rayures bleues. Ses cheveux, bien dégagés derrière ses oreilles, étaient plaqués à la Gomina de part et d'autre d'une raie de côté. Des plis se creusèrent autour de ses yeux bruns lorsqu'il lui sourit – un sourire qui n'exprimait pas l'affection, mais la vanité.

— Salut, Ginger.

Ginger choisit d'ignorer sa familiarité cavalière. Lizzie, qui l'avait suivie dans le salon, lui servit une tasse de thé qu'elle lui mit dans les mains sitôt qu'elle fut assise.

— Tiens, quel intéressant accessoire, commenta le capitaine Smithwick en désignant le collier cervical de Ginger.

— Ah, oui… J'ai eu un petit accident avec la Daimler, cet après-midi.

— Je vois.

— Qu'est-ce qui vous amène à Londres ?

Aux dernières nouvelles, le capitaine était en poste à Saint-Albans, dans le Hertfordshire.

Il la regarda froidement.

— Le travail.

Ginger croisa négligemment les jambes et but une gorgée de son thé, pour bien lui montrer qu'il ne l'impressionnait pas.

— Vous avez lancé votre petit inspecteur à mes trousses, lâcha Smithwick avec mépris. Du diable si je sais pourquoi !

Ginger pinça les lèvres de dégoût. Le capitaine cherchait à rabaisser Basil, mais elle n'allait pas tomber dans ce piège.

— Lui avez-vous parlé ?

— Certainement pas.

— Et pourquoi ?

— Parce que, *lady Gold*, je me suis dit : voilà un excellent prétexte pour rendre visite à ma chère amie. En souvenir du bon vieux temps.

Cet homme avait le don de la mettre hors d'elle ! Et en retour, sa tête cognait d'autant plus fort. *Il me faut un autre cachet d'aspirine*, pensa Ginger. Elle prit une gorgée de thé, calmement, refusant de montrer son déplaisir. Le capitaine et elle étaient tout sauf amis. L'homme avait traité Felicia de manière ignoble, mais l'animosité de Ginger à son endroit remontait à une époque bien plus lointaine. À sa période passée en France. Le capitaine était alors son supérieur, et à plusieurs reprises elle s'était trouvée en désaccord avec son approche, inutilement téméraire et le plus souvent au mépris de la vie humaine. Pour Francis Smithwick, seule comptait la mission.

— Je crois que les services secrets sont impliqués dans la mort de Mary Parker, dit Ginger. Un agent double, à la solde des Russes et des Britanniques, a été assassiné, par le plus grand des hasards, dans ma boutique de mode.

— Ah, oui. J'ai appris la nouvelle. Un épisode fort déplaisant, j'imagine.

— Savez-vous quelque chose au sujet de ce meurtre ?

Le capitaine Smithwick se pencha en avant, un sourire narquois aux lèvres.

— Quand bien même ce serait le cas, vous savez très bien que je ne pourrais pas vous le dire. La réponse est donc non, évidemment.

C'était bien ce que craignait Ginger.

— La princesse Sophia von Altenhofen faisait-elle partie de la mission ?

— Je ne vois pas du tout de quoi vous parlez.

Ginger poussa un soupir d'exaspération.

— Francis, pourquoi êtes-vous venu me voir ?

— Comme je vous l'ai dit… (Il se saisit de sa tasse.) C'est une visite amicale. Alors, comment allez-vous, Ginger ? Hormis ce souci au cou. L'inspecteur principal est retourné auprès de sa légitime épouse, d'après ce que j'ai compris. Je crois pouvoir dire que cela a vous a piquée au vif.

— Vous êtes méprisable.

— On m'a donné des qualificatifs bien pires.

Ginger posa sa tasse de thé et se leva.

— Si vous n'avez rien de plus à me proposer, je vous souhaite une bonne journée.

— Allons, allons, ne soyez pas si pressée. Je ne suis pas homme à rendre visite à une amie de longue date sans lui apporter un présent d'un genre ou d'une autre. Veuillez vous rasseoir.

Ginger hésita, puis obéit. Il lui fallait laisser son amour-propre au vestiaire, même si la probabilité pour que Smithwick lui offre une information de valeur était infinitésimale.

— Très bien, dit-elle. Je vous écoute.

— Vous savez que je ne puis vous dire grand-chose, étant donné que vous ne faites plus partie de l'équipe.

— J'en suis bien consciente.

— Il ne tiendrait qu'à vous que cela change.

— Cela ne m'intéresse pas, répliqua-t-elle.

Surtout si, pour ce faire, elle devait retourner sous les ordres de Smithwick.

— Quel dommage…

Smithwick se leva et tira sur son gilet.

— Tout ce que je sais, c'est que celui ou celle qui a tué Mary Parker n'est pas des nôtres.

— En êtes-vous sûr ?

— Absolument.

Autrement dit, cela ne pouvait être lord Whitmore, conclut Ginger.

— Êtes-vous en train d'affirmer que le MI5 n'est pas impliqué dans l'affaire ? s'enquit-elle avec une feinte désinvolture.

— Je regrette, mais je crains de ne pouvoir vous en dire plus.

Des voix se firent entendre dans le vestibule. Felicia demandait à Pippins où était Ginger.

Celle-ci s'adressa au capitaine Smithwick :

— Vite ! Sortez par la cuisine !

— Pourquoi donc ? Ne puis-je saluer Mlle Gold avant de partir ?

— Il n'en est pas question !

Ginger était prête à tout pour épargner d'autres émotions à Felicia.

— Je vous en prie, capitaine. J'en appelle à votre décence.

— Très bien. Dans ce cas, vous pouvez me reconduire à la porte de service, tel un vulgaire domestique.

Ginger n'en éprouvait pas le moindre scrupule. Elle avait bien plus d'estime pour ses employés de maison que pour Smithwick. Bien qu'il lui en coûtât physiquement, elle lui fit traverser le salon en toute hâte, le poussant littéralement par la porte de la salle à manger.

— Lizzie !

Par bonheur, la jeune femme de chambre était à portée d'oreille, dans la cuisine. Elle accourut dans la salle à manger et se figea de surprise à la vue du capitaine Smithwick dont l'expression trahissait un vif ressentiment.

— Madame ?

— Veuillez raccompagner le capitaine par le petit salon. Il a exprimé le désir de visiter le jardin et, avec ma nuque qui m'interdit tout mouvement…

Smithwick lui lança un regard aigu. Comme s'il pouvait s'intéresser à son jardin, au mois de janvier, de surcroît !

Lizzie inclina brièvement la tête. Ce n'était pas à elle de remettre en cause les ordres de sa maîtresse.

— Suivez-moi, je vous prie.

Ginger s'adossa au mur le temps de reprendre sa respiration. Cet odieux Smithwick ! Parviendrait-elle un jour à se débarrasser de lui ?

— Tout va bien, madame ?

Mme Beasley passa la tête dans la salle à manger, dévorée de curiosité à la vue du capitaine se faisant raccompagner par Lizzie jusqu'à la porte de service. La cuisinière regarda Ginger avec inquiétude.

Ginger épousseta sa robe.

— Oui, tout va très bien. J'avais simplement besoin d'un peu d'air frais. Je me sens beaucoup mieux, maintenant.

— Vous êtes sûre ? J'ai appris pour votre accident.

— Je n'ai rien. La nuque raide, c'est tout.

— Je vais dire à Grace de vous apporter une autre théière au petit salon, avec une assiette de sandwichs.

— Ce serait merveilleux, madame Beasley. Je crois que Felicia est rentrée, elle aussi.

— On fera du thé pour deux, dans ce cas.

— Merci.

Felicia entra comme un ouragan dans le petit salon à l'instant où Ginger arrivait de la salle à manger.

— Ginger ! s'écria-t-elle d'une voix tendue. (Elle ne remarqua même pas le collier cervical, pourtant difficile à manquer.) Je sors à peine du théâtre !

— Eh bien, que se passe-t-il ?

— C'est Matthew Haines ! Il a disparu lui aussi !

Ginger resta quelques secondes interloquée.

— Disparu, mais qu'entendez-vous par là ?

— Exactement comme Angus. Il s'est volatilisé ! Personne ne l'a vu. Il ne s'est pas présenté à l'audition. Geordie Atkins lui a téléphoné à son appartement, mais il n'y était pas non plus. Ginger, il y a quelqu'un qui enlève les comédiens !

24

Ginger se rassit dans son fauteuil. Il lui tardait de goûter un sommeil sans rêves, dans le divin confort de son lit.

— Felicia, ma chérie, je ne pense pas que qui que ce soit enlève les comédiens. Je vous en prie, racontez-moi ce qui s'est passé.

— C'est tout à fait comme pour Angus. Matthew et moi étions convenus de nous retrouver pour déjeuner avant les auditions, seulement il n'est jamais venu. Bien sûr, j'étais déçue, mais je me suis dit qu'il n'avait pas vu l'heure. En revanche, quand il ne s'est pas non plus présenté aux auditions, j'ai compris qu'un grand malheur s'était produit. Mais… qu'avez-vous autour du cou ?

Ce passage du coq à l'âne fit sourire Ginger.

— Je crains que la Daimler et moi n'ayons été endommagées à cause d'une plaque de neige fondue.

— Êtes-vous blessée ?

— Oui. J'ai la nuque un peu raide. Mais je serai remise en un rien de temps.

— Et la Daimler ?

— À l'atelier de mécanique. Je ne sais toujours pas dans quel état elle est.

— Oh, non ! se désola Felicia. Quelle déveine ! Mais que faire à propos de Matthew ?

C'était bien de Felicia, de revenir immédiatement à ses propres soucis.

— Une seconde disparition de comédien, voilà qui est étrange, en effet. Cela dit, M. Haines, inspiré par M. Green et son goût pour la bohème, a peut-être suivi son exemple.

— Je n'arrive pas à y croire, souffla Felicia.

Ginger, hélas, y arrivait très bien. M. Haines ne lui avait pas semblé un garçon très sérieux. Elle tenta d'apaiser les inquiétudes de Felicia.

— Je vais tout de suite signaler sa disparition à Basil.

— Merci.

Felicia renifla dans son mouchoir, puis s'empara d'un sandwich au thon.

Ginger, de son côté, s'en alla lentement vers le vestibule, raide comme la justice, sans bouger la tête d'un millimètre. Elle plia les genoux pour atteindre le téléphone de type bougie et composa le numéro du Yard.

— Je suis désolé, madame. L'inspecteur principal Reed n'est pas disponible.

— Très bien, je voudrais vous signaler une disparition. Une possible disparition.

Ginger relaya à l'agent de police les renseignements glanés auprès de Felicia.

— Il s'agit du second jeune homme qui disparaît de l'Abbott Theater. Ce n'est peut-être qu'une coïncidence. Cependant, il se peut aussi que ces deux jeunes gens – je fais référence à M. Haines et à M. Green – aient de graves ennuis. Faites en sorte que l'enquêteur compétent en soit informé, je vous prie.

Ginger retourna voir Felicia. Elle la trouva accablée par l'épuisement et la mélancolie.

— Pourquoi n'iriez-vous pas vous allonger un peu avant le dîner ? lui proposa-t-elle avec gentillesse. J'ai signalé la disparition de Matthew à Scotland Yard. Ce n'est plus notre souci, mais le leur, maintenant.

Felicia bâilla derrière sa main.

— Je pense que c'est ce que je vais faire, Ginger. Merci.

Ginger reprit place dans son fauteuil, épuisée elle aussi. La journée avait été longue : l'étrange conduite de la comtesse, puis l'accident d'automobile, l'inexplicable visite de Smithwick et maintenant, une autre disparition.

Mais pourquoi Smithwick avait-il pris la peine de venir la voir ? Si les services secrets britanniques étaient dans le coup, le capitaine n'aurait-il pas préféré la voir rester en dehors de l'enquête ? Il n'en avait exprimé le désir d'aucune sorte. Peut-être parce que le MI5 n'était pas impliqué dans l'affaire, ainsi qu'il le lui avait laissé entendre. Mais si ce n'étaient pas les services secrets britanniques, alors qui ? Les Allemands ? Les Russes ? Les Roumains ?

Et pourquoi avoir organisé cet échange d'informations durant son gala à elle ?

Du pied, Ginger essaya de récupérer la feuille de papier pliée en quatre qu'elle avait glissée sous son fauteuil. Mais même avec le collier cervical, sa nuque demeurait douloureuse, sensible au moindre mouvement. Elle sonna Pippins.

— Pips, est-ce que cela vous ennuierait beaucoup de… ? (Elle déplaça le papier de l'orteil.) Je voudrais que vous le punaisiez sur ce chevalet.

— Bien, madame.

Pippins fit ce qui lui était demandé.

— Puis-je faire autre chose pour vous ?

— Du thé, peut-être.

Après avoir ajouté une bûche dans le feu, Pippins se retira. Ginger regarda le schéma qu'elle avait esquissé.

Lady Isla Lyon, *kleptomane* ; lord Lyon, *mari protecteur* ; princesse Sophia, *ennemies territoriales* ; lord Whitmore, *agent des services secrets britanniques* ; comtesse Andreea Balcescu, *insaisissable.* Elle allait raturer le nom de la princesse, puis se ravisa. Ce n'était pas parce qu'elle était morte qu'elle n'avait pas assassiné Mary Parker.

Quels mobiles pouvait bien avoir tout ce petit monde ?

À côté de « lady Lyon », elle inscrivit : *vol.* Lady Lyon avait-elle désiré le diamant bleu au point de tuer ? On avait du mal à l'imaginer brisant les cervicales de sa victime.

Lord Lyon : *défendre l'honneur de son nom.* Selon toute probabilité, Mary Parker avait vu son agresseur. Lord Lyon aurait pu la tuer afin d'éviter un procès à sa femme. La force physique, il l'avait.

Princesse Sophia : avait-elle voulu intercepter le message codé pour le compte des Allemands ? Si tel était le cas, elle avait échoué. Peut-être en avait-elle aussi après le collier… Mary Parker portait-elle le véritable diamant bleu au gala ? Sophia avait-elle semé le doute dans l'esprit de Ginger en lui affirmant que c'était une réplique, attendant la fin de la soirée pour briser la nuque de Mary Parker et procéder à l'échange des colliers ?

Ginger inscrivit *vol* à côté du nom de la princesse.

À côté de « lord Whitmore », elle écrivit : *accomplissement de sa mission ?* Ce n'était peut-être pas Mary qui avait laissé son châle à l'étage avec le message à l'intérieur. Peut-être était-ce elle au contraire qui attendait qu'on lui livre un message. Lord Whitmore avait-il pour mission d'empêcher Mary d'entrer en possession d'un message des Russes ? Et si oui, qui était ce Russe ?

Comtesse Balcescu : *joker.*

Lizzie entra avec le plateau du thé.

— Voilà, madame. Voulez-vous que je vous serve ? Il vaut peut-être mieux que vous vous asseyiez.

Ginger s'abaissa lentement dans un fauteuil et accepta une tasse de thé bien chaud.

— Merci, Lizzie.

— Vous n'avez qu'à sonner si vous avez besoin d'autre chose.

— Je n'y manquerai pas.

Ginger souffla sur son thé pour le faire refroidir tout en regardant son tableau. Cette affaire aggravait son mal de tête d'un léger vertige. Dans sa quête de vérité, elle en était au même point que ce matin. Elle but une petite gorgée.

— Vous semblez avoir besoin d'un breuvage plus fort que du thé.

Ginger pivota avec précaution vers Haley.

— Vous avez tout à fait raison.

Le regard de Haley se posa sur le cou de Ginger.

— Oh, ma pauvre chérie… Que vous est-il donc arrivé ?

Ginger narra une fois de plus sa mésaventure.

— Je suis bien contente que l'accident n'ait été que mineur. Vous n'imaginez pas le nombre de morts que font les automobiles. (Elle laissa passer quelques secondes.) Souffrez-vous ?

— Un peu, oui.

Haley tira de son sac à main un flacon d'aspirine qu'elle déboucha.

— Prenez, c'est de l'aspirine.

— Merci, Haley.

Ginger avala le cachet avec une gorgée de thé.

— C'est à cause de la neige fondue. Nous roulions tous au pas. J'ai roulé sur un endroit où la chaussée était glissante – à peine visible.

Ginger aimait ce moment, à la fin de la journée, où elles se racontaient leurs petites histoires, un verre de brandy à la main. Haley attisa le feu, ajouta une bûche pour prolonger la flambée et alla remplir deux verres. Elle en tendit un à Ginger, puis elles se pelotonnèrent chacune sur leur siège. Boss, sans doute attiré par leurs voix, entra en trottinant gaiement et sauta sur les genoux de sa maîtresse. Ginger se mit à caresser son doux pelage.

Haley regarda le chevalet devant elle.

— Je vois que le schéma est de retour. Qu'est-ce que c'est que ces nouveaux gribouillis ?

— J'essaie de déterminer un mobile. Toute cette affaire est si alambiquée !

— La comtesse Balcescu, un joker ?

— Elle est passée à la boutique, ce matin, et elle est allée fouiner à l'étage. J'ai d'abord cru qu'elle s'intéressait aux robes de confection, mais en redescendant, elle a filé de façon très bizarre. Du coup, j'ai décidé de la suivre.

— Oh, mon Dieu…

— Si seulement je n'avais pas mis une seconde de trop, si je n'avais pas glissé et grillé ma plus jolie paire de bas, j'aurais pu monter dans le métro avec elle.

— Et ?

— Et je saurais si elle est réellement allée au Brown's Hotel, comme elle le prétend.

— Pourquoi mentirait-elle ?

— Parce qu'à mon avis, elle n'est pas celle qu'elle prétend être.

— Mince, alors ! Encore un agent secret ?

— Je n'en ai aucune idée. Néanmoins, il y avait quelque chose de…

— Quoi ?

— Quand je l'ai aperçue sous la pluie, ses traits m'ont paru…

Ginger s'interrompit, à la recherche du terme exact.

— Vous ont paru quoi ?

Ginger leva les yeux et fronça le nez.

— Délavés.

Haley réfléchit.

— Sans doute la réfraction de la lumière sur son reflet.

Ginger but une gorgée de brandy.

— Oui, vous devez avoir raison.

25

Ginger suivit les ordres du médecin et resta chez elle les trois jours suivants. Mme Roux était un ange et surtout une gérante tout à fait compétente pour s'occuper seule de Plumes & Styles. À la vérité, Ginger se demandait parfois pourquoi elle ne lui laissait pas les rênes de la boutique. Entre-temps, elle profitait vraiment de pouvoir rester au lit et dormir. Le contrecoup de l'accident l'avait laissée sans force. Le quatrième jour, Ginger fut tirée du sommeil aux aurores par Lizzie. Elle se dressa sur un coude, nettement plus reposée que la veille.

— Qu'y a-t-il, Lizzie ?

La femme de chambre posa sa lampe à huile sur la table de chevet.

— Je suis vraiment désolée de vous déranger, madame, mais il y a un appel téléphonique pour vous, de la part de Scotland Yard. La personne dit que c'est urgent. Je ne savais pas trop quoi faire, mais dans le doute, j'ai préféré venir vous réveiller.

— Vous avez bien fait, Lizzie. (Ginger se redressa tant bien que mal en position assise.) Passez-moi le flacon d'aspirine et un verre d'eau, je vous prie.

La femme de chambre obéit. Boss, percevant la douleur physique de sa maîtresse, s'avança doucement le long de la courtepointe et se mit à lui pousser le bras de son museau humide.

— Je vais bien, Boss, le rassura Ginger en le grattant derrière ses oreilles pointues. J'ai les muscles un peu raides, c'est normal au réveil.

Elle avala deux cachets d'aspirine, puis ôta le collier cervical et tourna doucement la tête, dans un sens puis dans l'autre, afin d'estimer sa mobilité. C'était bien mieux que la veille. À contrecœur, elle remit le collier, c'était plus prudent. Mais d'ici demain soir, son cou serait assez solide pour qu'elle puisse aller au bal de bienfaisance, débarrassée de cet accessoire disgracieux.

Était-ce l'inspecteur principal qui lui téléphonait de si bonne heure ? Intriguée, elle enfila sa robe de chambre et descendit l'escalier aussi vite que son état le lui permettait. Boss, qui ne la quittait plus, trottinait sur ses talons. Que pouvait bien vouloir Basil ? Lizzie avait laissé l'écouteur en forme de cloche posé sur la table. Ginger se le colla à l'oreille, tout en approchant le corps du téléphone de sa bouche.

— Lady Gold à l'appareil.

— Ginger, c'est Basil.

— Avez-vous trouvé le meurtrier ?

— Hélas, non. Je crains même d'avoir une mauvaise nouvelle à vous annoncer.

Ginger songea immédiatement aux membres de sa famille : mais non, ils étaient tous encore au lit, elle en était certaine. Enfin, presque. Avec Felicia, on ne pouvait jamais être sûr de rien… elle était de plus en plus intenable.

— Qu'y a-t-il ?

— C'est Plumes & Styles. La boutique a été cambriolée.

Ginger en resta sans voix. Bien sûr, elle était soulagée qu'il ne s'agisse que de sa boutique et non d'un de ses proches, mais… pourquoi était-on entré dans sa boutique par effraction ?

— Les dégâts sont importants ?

— La vitrine a été brisée et à l'intérieur, tout est en désordre. C'est un agent qui faisait sa ronde qui a vu le cambrioleur s'enfuir. Hélas, il n'a pas réussi à le rattraper. Voulez-vous que je vienne vous chercher ? Nous avons besoin de vous pour savoir ce qui vous a été dérobé, si jamais il manque quelque chose.

— Comment se fait-il que ce soit vous qu'on ait dépêché là-bas ? Vous ne vous occupez pas de cambriolages, en temps normal.

— Plumes & Styles reste la scène d'un meurtre non élucidé. Dois-je passer vous chercher ?

Ginger brûlait de retrouver le réconfort que lui avait apporté Basil Reed par le passé. Néanmoins, son cœur n'était pas encore assez ferme pour qu'elle puisse souffrir de passer le trajet en tête à tête avec lui. Elle allait lui répondre qu'elle se rendrait là-bas par ses propres moyens, lorsqu'elle se souvint que la Daimler était en réparation. Flûte !

Elle raccrocha et partit en quête de sa femme de chambre.

— Lizzie, je sors ! Vous avez vingt minutes pour me rendre présentable !

Ginger tenta de monter rapidement à sa chambre, avant de très vite y renoncer, son état ne le lui permettait pas. Boss, trouvant ce jeu très amusant, se mit à japper avec allégresse et fila comme une flèche. Arrivé sur le palier, il regarda Ginger et Lizzie, les yeux brillants, tout heureux de les avoir battues à la course.

Lizzie ouvrit les portes de la penderie.

— Un tailleur, madame ?

Ginger était enchantée d'avoir une femme de chambre si avisée en matière vestimentaire.

— Parfait.

Lizzie lui présenta une jupe en lainage marron arrivant à mi-mollets, un chemisier blanc en rayonne à l'imprimé floral et une écharpe mandarine en fine maille. Quelques minutes plus tard, Ginger se contemplait dans son miroir en pied.

— Cela ira.

Allant à sa coiffeuse, elle s'appliqua un peu de mascara sur les cils et un coup de blush sur les joues. Elle n'en faisait pas plus que d'habitude, se défendit-elle. Il était bien rare qu'elle sorte sans une touche de maquillage… Elle nia la vérité qui lui martelait l'arrière du cerveau : tous ces efforts, c'était pour Basil. Il serait là d'une minute à l'autre.

Ginger se tapota les cheveux et fronça les sourcils.

— Pour la coiffure, nous n'aurons pas le temps.

— Bénis soient les chapeaux, commenta Lizzie.

Elle sortit d'un carton un chapeau cloche fauve, orné d'un large ruban noir sur un côté. Ginger sourit.

— Bien vu !

À peine entraient-elles dans le vestibule qu'on frappa à la porte. Pippins apparut, surpris par le départ si matinal de Ginger.

Elle lui expliqua la situation alors qu'il ouvrait la porte.

— Je dois aller régler un problème survenu à la boutique.

Basil porta le doigt à son feutre en guise de salut.

— Lady Gold.

— Je suis prête. Bossy, je suis désolée, mais tu devras rester ici. Si tu es sage, Lizzie ira te promener, j'en suis sûre.

Le petit chien s'assit, l'air triste et découragé.

— Allez, viens Boss, dit Lizzie.

La déception du petit chien fut de courte durée et il partit en trottinant gaiement derrière la domestique.

Le soleil n'était pas encore levé et le calme régnait dans les rues de Londres. Seuls boulangers et livreurs s'affairaient.

Basil rompit le silence.

— Pardonnez-moi de vous avoir tirée du lit. Surtout avec votre nuque…

— Oh, c'est le collier qui impressionne. En réalité, je me sens beaucoup mieux.

— Je suis heureux de l'apprendre.

Ginger lui coula un regard. Basil semblait fatigué, il avait le teint pâle et de sombres demi-lunes lui creusaient les yeux. Elle lui demanda à brûle-pourpoint :

— Pourquoi êtes-vous entré dans la police ? Je sais que vous n'aviez pas besoin de travailler.

Basil lui répondit sans quitter la route du regard.

— Pour que justice soit rendue aux opprimés et aux laissés-pour-compte.

— Tout le monde veut que justice soit rendue à tous. Mais pour quelle raison est-ce si important pour vous ? Qu'est-ce qui vous a réellement poussé à faire ce métier ?

Basil ralentit et regarda Ginger dans les yeux.

— Vous savez, Emelia ne m'a jamais posé cette question en onze ans de mariage.

Ginger détourna le regard, gênée que Basil l'ait comparée à sa femme.

Elle s'adressa à son reflet dans la vitre.

— Allez-vous me répondre ?

— Mon frère adoptif a été assassiné à l'âge de cinq ans. On l'a étouffé dans son lit, une nuit où sa nounou ne travaillait pas.

Horrifiée, Ginger porta une main gantée à sa bouche.

— Oh, Basil !

Elle se tourna vers lui. Basil regardait droit devant lui, la mâchoire crispée.

— C'est terrible, compatit Ginger. La police a-t-elle arrêté le coupable ?

Basil déglutit et secoua la tête.

— Non. Ils n'ont pas vraiment essayé.

— Pourquoi ?

— Parce qu'Elias était noir. Mon père l'avait ramené d'Afrique du Sud après la seconde guerre des Boers[1]. Ses parents avaient été tués durant le conflit.

— Êtes-vous sûr que c'est pour cette raison que son meurtrier n'a pas été appréhendé ?

— Je connais la loi, Ginger, et je sais que les policiers ont falsifié les preuves.

— C'est affreux !

— La noblesse n'aimait pas que l'un de ses membres ait un fils de couleur noire, répliqua Basil. Pour ces gens-là, c'était tout bonnement inconcevable. Ils l'ont du reste

1. Seconde guerre des Boers (1899-1902) : conflit intervenu en Afrique du Sud entre les Britanniques et les deux États indépendants des Boers, descendants des premiers colons néerlandais.

clairement fait savoir à mes parents. Mais nous, nous l'aimions. C'était un petit garçon tellement adorable…

Ginger ferma les yeux, bouleversée pour Basil et accablée par les préjugés du système.

— Je suis navrée d'apprendre tout cela.

— C'était il y a longtemps.

Basil se rangea devant Plumes & Styles. Ginger étouffa un cri en découvrant la vitrine fracassée. Le trottoir était jonché d'éclats de verre. Un agent en faction salua Basil. Ginger, horrifiée, voulut sortir de la voiture, mais Basil avait déjà fait le tour pour lui ouvrir la portière. Il lui offrit sa main qu'elle accepta sans protester. Sa nuque lui interdisait les mouvements trop violents.

Une fois à l'intérieur de la boutique, Ginger contempla le triste spectacle qui s'offrait à elle, abasourdie. Des mannequins gisaient tels des cadavres sur le sol en marbre, membres arrachés, nuque brisée. Des portants de robes avaient été renversés, des chapeaux, écrasés. La lumière crue des ampoules électriques découpait des ombres nettes dans l'obscurité qui précède l'aube, ajoutant encore au sinistre de la scène.

Ginger monta à l'étage : là-haut aussi, tout avait été saccagé.

— Je suis désolé pour vous, Ginger, dit Basil avec douceur.

— Mais que diable cherchait donc le cambrioleur ?

Certes, il y avait une faible probabilité pour qu'il s'agisse d'un acte isolé, sans lien avec le meurtre, mais Ginger n'y croyait pas.

— Vous a-t-on volé quelque chose ? l'interrogea Basil.

Après une vérification sommaire, elle déclara :

— Les robes les plus chères sont toujours là. Le tiroir-caisse n'a pas été forcé non plus. Il est donc clair que l'intrus n'en avait pas après l'argent.

Non qu'il y en restât beaucoup dans la boutique. À la fermeture, Mme Roux ne laissait qu'un fond de caisse pour le lendemain et passait déposer les recettes du jour à la banque en rentrant chez elle.

Basil plissa les lèvres.

— Il devait chercher le papier à cigarette.

Ginger soupçonna immédiatement lord Whitmore. Smithwick lui avait affirmé avec une telle force que celui-ci n'était pas impliqué dans l'affaire qu'elle était encline à penser tout le contraire. Elle baissa la voix :

— Pourrait-il s'agir de lord Whitmore ?

— L'homme qui s'est enfui nous a été décrit comme trapu. Or lord Whitmore est grand et mince.

— Mais de nuit, c'est plus difficile à affirmer, non ? L'obscurité modifie les perspectives.

— C'est exact.

— Les services secrets, une fois de plus… marmonna Ginger. Quel dommage que le Yard et le MI5 ne puissent pas trouver moyen de coopérer correctement.

— Mes hommes ont fini de relever les empreintes, annonça Basil, mais à mon avis, notre cambrioleur portait des gants.

Ginger acquiesça. Faute de témoignage solide, ils n'auraient que peu de chances d'attraper l'auteur des faits, à moins qu'il – ou elle – n'ait laissé des traces derrière lui, comme c'était souvent le cas avec les criminels.

— Il doit forcément y avoir un indice quelque part, déclara Ginger.

Passé le premier choc, elle entreprit des recherches plus poussées, secondée dans ses efforts par Basil qui braquait sa petite lampe torche en tous sens afin qu'aucun détail ne leur échappe. Enfin, elle passa derrière le comptoir et considéra les étagères en dessous. Quelque chose avait changé, mais quoi ? Il y avait là des rouleaux de papier pour la caisse enregistreuse, des sacs en papier et des boîtes en carton pliées pour emballer les achats. Quelques objets trouvés : un gant en cuir, un porte-monnaie, deux écharpes.

C'était cela ! Quand l'écharpe en laine bleu pastel de la comtesse Balcescu avait glissé par terre lors de sa sortie précipitée, Ginger l'avait pliée et rangée sur cette pile. Elle ne s'y trouvait plus !

— Basil ?

L'inspecteur principal s'approcha.

— Avez-vous trouvé quelque chose ?

— Il s'agit plutôt de ce que je n'ai pas retrouvé.

Elle lui raconta l'épisode avec la comtesse.

— Cet homme que l'agent de police a vu s'enfuir… et s'il s'agissait en fait d'une femme en pantalon ?

Ginger avait appris à ses dépens qu'en dépit de sa forte constitution, la comtesse courait vite.

— On ne peut pas écarter cette possibilité, reconnut Basil. Mais pensez-vous que la comtesse se serait donné tout ce mal pour récupérer une écharpe ?

Ginger plissa le nez.

— L'écharpe n'était peut-être qu'un objectif secondaire.

— Vous pensez qu'elle cherchait le papier à cigarette ?

— Ma foi, comme elle ne l'avait pas trouvé la première fois, elle aurait pu revenir le chercher. C'est un raisonnement qui se tient.

Basil gratta ses tempes argentées qui lui donnaient l'air encore plus distingué, songea Ginger. Séduisant. Comment avait-elle pu le juger trop âgé pour elle, lors de leur première rencontre ?

Boss, Boss, Boss !

Elle secoua la tête pour chasser ce souvenir. Aussitôt, la douleur vrilla les muscles contractés de sa nuque. Elle se la prit à deux mains en grimaçant.

— Ça va ? s'enquit Basil.

— Oui. J'oublie parfois que j'ai reçu le coup du lapin, c'est tout.

Les yeux chaleureux de Basil s'agrandirent d'inquiétude.

— Je peux vous ramener chez vous, si vous voulez.

— Non, cela ira.

Basil et ses hommes quittèrent les lieux. Seul demeura un agent en faction, par mesure de précaution.

En quittant Hartigan House, Ginger s'était préparée à passer toute la journée à ranger, sauver ce qui pouvait l'être et passer le reste par profits et pertes. Pour Mme Roux, Dorothy et Emma, en revanche, ce fut un choc. Leur indignation était sans bornes.

— *C'est scandaleux* !

Mme Roux décrocha aussitôt le téléphone et réembaucha les femmes de ménage qui les avaient aidées à tout nettoyer après le gala. Initiative qui, une fois de plus, permit à Ginger d'apprécier l'efficacité et le sens des responsabilités de sa gérante : confrontée à une situation désagréable, Mme Roux savait prendre le taureau par les cornes ! En un rien de temps, chacune se vit assigner une tâche. À ce rythme-là, le rangement fut rondement mené.

Felicia passa même leur donner un coup de main, mue par un élan de solidarité qui tranchait avec son égocentrisme habituel. Pour Ginger, c'était de bon augure : sa belle-sœur gagnait en maturité.

Ginger commanda une nouvelle vitrine et poussa un soupir de découragement lorsqu'on lui annonça le délai : une semaine d'attente entre la fabrication et la pose. Entre-temps, une affreuse plaque de contreplaqué ferait office de cache-misère.

— Je sais comment tout arranger, déclara Felicia.

— Ah ? fit Ginger.

Felicia passa sa veste, son écharpe et ses gants, et, bien emmitouflée, lança :

— Je reviens !

Avant de disparaître dans la rue.

Elle revint une heure après, au bras d'un jeune inconnu. *Pourvu que ce ne soit pas encore un de ses amis*, pria intérieurement Ginger.

— Je vous présente Henri, annonça Felicia. Il est peintre.

— Ah, un Français, approuva Mme Roux.

— Henri réalise des décors de théâtre, c'est un véritable artiste ! s'exclama Felicia devant le jeune homme tout rougissant. Il a accepté de venir peindre la plaque de contreplaqué.

Ginger battit des mains.

— Quelle idée formidable !

26

Ginger avait peine à croire que le soir du bal était déjà arrivé. Sur l'insistance de Haley, elle avait passé la plus grande partie de la journée à se reposer et sa nuque lui semblait plus solide que la veille. Quel soulagement de pouvoir ôter enfin ce collier cervical ! À la seule idée de le remettre, elle avait des démangeaisons dans le cou. Lizzie lui avait proposé son aide, mais Ginger aimait se préparer seule. Elle alluma même le gramophone et fredonna *Downhearted blues* avec Bessie Smith. Les paroles de la chanson faisaient écho à son propre dépit amoureux. La chambre s'emplit de la chaleureuse sonorité des instruments de blues, donnant à Ginger un avant-goût du bal de ce soir. Peut-être même pourrait-elle s'autoriser une danse… ?

Après avoir hésité sur plusieurs tenues, elle jeta son dévolu sur un déshabillé en mousseline de soie très fluide et un manteau en dentelle tissée de fils métalliques. Les tons mauves s'harmonisaient avec la couleur de ses cheveux et rehaussaient le vert de ses yeux. Elle avait rapporté de la boutique un boa en plume d'autruche qu'elle enroula autour de son cou, se délectant de sa douceur. Certes, c'était un peu extravagant pour un simple bal de bienfaisance, mais les gens comptaient sur elle pour arborer le dernier cri en matière de mode.

En accord avec l'engouement du moment pour l'Égypte, Ginger se coiffa d'un turban serré et entortilla du doigt les extrémités de son carré roux jusqu'à ce que ses mèches ondulent joliment sur ses joues. Elle compléta sa tenue par des chaussures en soie noire, ornées d'une boucle en strass.

Couché contre le pied du lit, Boss la regardait tourner lentement sur elle-même devant son miroir.

— Qu'en penses-tu, Boss ? Cela ira ?

Le chien remua son petit bout de queue et poussa un jappement.

Ginger éclata de rire.

— Je suis ravie que cela te plaise !

Elle se maquilla : du fard sombre sur les paupières, deux couches de mascara sur les cils, un coup de crayon fin pour dessiner ses sourcils en arcs bien nets, une généreuse touche de blush sur les pommettes et pour finir, un rouge à lèvres foncé. Tandis qu'elle s'affairait à sa toilette, son esprit continuait à chercher le sens du message codé. Le décryptage, c'était l'une de ses attributions, durant la guerre. À l'époque, elle se concentrait entièrement sur le code à élucider, s'interrompant à peine pour manger ou dormir, jusqu'à ce qu'elle en trouve la clé. Aujourd'hui, elle jonglait avec trop de choses au quotidien pour pouvoir y consacrer le temps requis.

Ginger orna ses lobes de clips en émeraude et réfléchit. Le code reposait forcément sur une substitution lettres/chiffres, puisque le message ne comportait aucune voyelle. Elle pensait le connaître par cœur, mais à cause de l'accident, elle préféra vérifier. Elle chercha son sac à main du regard, mais ne le trouva pas. Elle se souvint alors qu'elle l'avait laissé dans le bureau.

Boss sauta du lit et la suivit. Dans le couloir qui menait au bureau de son défunt père, Ginger croisa Grace qui la salua d'une révérence.

— Madame…

Ginger aperçut son sac sur le bureau, là où elle l'avait laissé. Elle déplia la copie qu'elle avait faite du message et se mit à le scruter intensément.

Boss sauta sur l'assise rembourrée du fauteuil de bureau et, dressé sur les pattes arrière, prit appui, des pattes avant, sur les touches de la machine à écrire Underwood[1]. Toute autre personne aurait grondé son chien, mais Ginger, elle s'illumina de joie.

— Boss ! Tu es un génie !

Elle passa derrière le secrétaire et tira à elle le fauteuil de son père.

— Désolée, Boss, ça ne te dérange pas, hein ?

Le petit chien sauta sur l'un des fauteuils d'en face et la regarda faire, tout excité.

Ginger rapprocha la machine à écrire et posa les doigts sur la rangée de touches du milieu à la façon d'une dactylo, l'index gauche sur le « F » et l'index droit sur le « J ». Elle tapa le message codé.

W533o 8h 849h 975 wt90@$

1. Il s'agit d'un clavier anglais, modèle QWERTY et non AZERTY comme sur une machine à écrire française.

Puis elle posa les index sur le « V » et le « M » et tapa à nouveau le code, mais sur la rangée du bas.

STEEK IN IRON SGOP WR

Cela n'avait aucun sens. *Iron*[1] ? Fer ? Fer à repasser ? Fallait-il repasser quelque chose ?

Ginger recommença le procédé, mais sur la rangée de touches du haut, cette fois.

STEEL[2] IN. IRON OUT. 24

— Acier dedans. Fer dehors. 24.

Perplexe, elle regarda Boss.

— Tu sais ce que cela veut dire, toi ?

Boss, enchanté de participer à la résolution de l'énigme, se mit à gigoter et jeta un petit aboiement.

— Oui, je crois que tu as raison, mais j'espère me tromper, répondit Ginger d'un ton grave.

Si son intuition était la bonne, il fallait tout de suite qu'elle communique la traduction du message au MI5. Elle arracha la feuille de papier et alla droit au vestibule.

À Scotland Yard, une voix bourrue lui répondit.

— Je dois parler à l'inspecteur principal Reed, exigea Ginger. C'est très important.

— L'inspecteur principal n'est pas là. Je peux prendre un message ?

— S'il vous plaît, demandez-lui de m'appeler dès que possible.

Basil avait son numéro, Mallowan 1355, mais elle le redonna à l'agent, au cas où.

---

1. *Iron* signifie « fer » en anglais.
2. *Steel* signifie « acier » en anglais.

Elle composa ensuite le numéro privé de Basil. Il était rare qu'elle l'appelât chez lui, hormis la fois où ils devaient dîner ensemble et où elle avait voulu savoir comment s'habiller pour l'occasion.

Au bout de deux tonalités, une voix de femme lui répondit.

— Mayfair 4459.

Emelia. Passant outre son sentiment d'abandon, Ginger s'enquit poliment :

— L'inspecteur principal est-il là, s'il vous plaît ? C'est lady Gold, à l'appareil.

Elles avaient beau se comporter comme deux dames bien élevées, une barrière invisible se dressait entre elles. Elles aimaient toutes deux le même homme, à la différence que Ginger n'avait aucun droit sur lui.

Oh, Seigneur… Venait-elle de s'avouer qu'elle était amoureuse de Basil ? Troublée, Ginger déglutit avec peine.

Emelia Reed interrompit ses divagations.

— Je crains qu'il soit sorti.

L'enquête impliquant les services secrets britanniques, Ginger n'était pas autorisée à en parler ouvertement.

— Dans ce cas, dites-lui que j'ai bien eu le message. Il saura de quoi je parle. Je vous en prie, c'est urgent.

— Je n'y manquerai pas, répondit Emelia Reed d'un ton froid. Bonne soirée, lady Gold.

Ginger était déjà remontée au premier étage lorsque le carillon retentit. Quelques instants plus tard, Pippins frappait à la porte de sa chambre.

— Le révérend Hill est là, madame.

— Faites-le patienter dans le petit salon, Pips. Je descends tout de suite.

Après avoir choisi un sac à main rebrodé d'or parmi sa collection, Ginger s'arrêta devant sa commode. Certes, elle se rendait à l'église, mais son petit doigt lui disait qu'elle pourrait bien avoir besoin de renfort. Elle ouvrit le premier tiroir de la commode et, fouillant dans sa lingerie fine, en sortit un petit pistolet Remington.

27

Oliver Hill, arborant chemise noire et col ecclésiastique, devint tout rose à la vue de Ginger.

— Vous êtes ravissante, lui dit-il en lui tendant un petit bouquet de lys tigrés.

Les craintes de Ginger se confirmèrent : Oliver considérait cette soirée comme une sorte de rendez-vous galant. Sans le savoir, Felicia et Ambrosia allaient peut-être lui servir de chaperons…

— Oliver, ces fleurs sont magnifiques, mais franchement, vous n'auriez pas dû.

— L'une de mes paroissiennes en fait pousser sous serre toute l'année. Elles sont belles, non ?

— Assurément.

Ginger appela Grace qui, selon ses instructions, emporta le bouquet dans le petit salon.

— En cette saison, c'est là-bas qu'il y a le plus de lumière, grâce aux portes-fenêtres, expliqua-t-elle avant de se tourner vers le haut de l'escalier.

— Felicia, ma chérie ! Notre voiture est arrivée. Veuillez aller voir si grand-mère est prête, je vous prie !

Un silence embarrassant s'installa entre Ginger et Oliver, l'un comme l'autre cherchant en vain quelque chose à dire.

— C'est une bonne chose qu'il ait cessé de pleuvoir, finit par déclarer Oliver.

— Oui, je n'aurai pas à prendre mon parapluie.

— En effet. (Il agita les doigts en l'air.) Vous aurez les mains libres.

— J'espère que vous aurez beaucoup de monde.

— Ah, mais vous ne devez surtout pas minimiser votre rôle dans la création du Secours aux petits nécessiteux. Sans vous, nombre d'enfants iraient se coucher le ventre vide !

Oliver lui sourit avec une admiration béate. Si Ginger avait été sujette à la vanité, elle aurait fait la roue.

Felicia et Ambrosia descendirent enfin dans le vestibule. Felicia était vêtue de mousseline de soie jaune ; sa robe taille basse aux manches étroites se terminait par un ourlet frangé de quinze centimètres qui donnait l'impression qu'elle tombait plus bas sur la jambe. Ambrosia, quant à elle, portait une robe de soie à longues manches cloches, couleur mandarine, qui révélait un tantinet sa cheville, détail qui aurait presque fait entrer la vieille dame dans le XXe siècle.

La lady douairière salua Oliver avec moult manières.

— Tout ce que vous faites pour vos ouailles, révérend, c'est proprement merveilleux ! Je me rends à l'office aussi souvent que je le peux, cependant je n'aime guère le froid. Peut-être qu'un jour, avec le printemps qui arrive, Ginger voudra bien m'emmener à Saint-George. J'aimerais beaucoup entendre vos sermons.

— Vous serez toujours la bienvenue dans mon église, madame.

Pippins apporta leurs manteaux à ces dames et les aida à les passer, secondé par Oliver.

— Votre boa en plume est épatant ! dit Felicia à Ginger. C'est un nouveau modèle ?

— Oui. Il n'est arrivé que la semaine dernière. Ce sont des plumes d'autruche.

Oliver Hill était un excellent conducteur : on ne leur adressa pas un seul coup de klaxon de tout le trajet. Ginger était impressionnée.

Les gens affluaient déjà vers Saint-George lorsque le révérend Hill gara sa voiture devant l'église.

— L'orchestre est tout à fait bien, vous verrez ! expliqua-t-il avec enthousiasme. Du vrai jazz américain. Quel dommage que vous ne puissiez pas danser, lady Gold !

— À dire vrai, ma nuque me fait bien moins souffrir. Je vais pouvoir m'autoriser une ou deux danses, je crois, à condition que leur rythme ne soit pas trop endiablé.

— Quelle formidable nouvelle ! Vous m'en accorderez une, j'espère.

— Bien sûr.

La salle paroissiale avait été décorée avec simplicité. Le nom de l'œuvre de bienfaisance s'étalait en toutes lettres sur des banderoles ponctuées de rubans, le tout dans la douce lumière de bougies judicieusement disposées. Comme Ginger l'avait prédit, la plupart des participants au bal étaient des fidèles de Saint-George – des gens issus de la classe ouvrière, venus contribuer à la bonne cause. Parmi ceux-ci, on trouvait également une poignée de personnes qui, à l'instar de Ginger, n'avaient aucun mal à se mêler aux classes inférieures. Elle eut ainsi la joie de constater que ses propres employées étaient venues soutenir son œuvre de bienfaisance : Dorothy, Emma et Mme Roux étaient assises ensemble autour d'une table. Même lord et lady Whitmore avaient fait acte de présence.

En revanche, Ginger fut très étonnée de voir que lady Meredith était elle aussi venue au bal. La pauvre fille devait être parvenue à s'échapper des griffes de sa mère. Ginger espérait de tout cœur qu'elle ne passerait pas la soirée à faire tapisserie.

— Oh… minauda Felicia. Regardez tous ces hommes séduisants qui n'attendent que de nous faire danser !

Son enthousiasme fit sourire Ginger tout en lui causant une certaine inquiétude. Felicia avait connu beaucoup d'épreuves au cours de sa jeune existence. En effet, lorsque Ginger avait perdu son mari Daniel, Felicia avait du même coup perdu son frère. Or, en dépit des sept ans qui les séparaient, ils avaient grandi dans une étroite complicité suite au décès de leurs parents dans un accident de voiture. Felicia était alors demeurée seule chez sa grand-mère, elle-même veuve. Ginger ne pouvait reprocher à sa petite belle-sœur de vouloir oublier son chagrin en se lançant à corps perdu dans ce mode de vie désinvolte qui plaisait tant aux jeunes femmes de sa génération. Sa seule crainte, c'était que Felicia n'aille un jour trop loin.

Oliver désigna une table sur la gauche, au fond de la salle.

— Je nous l'ai réservée.

Il débarrassa Ginger de son manteau et prit ceux de Felicia et d'Ambrosia.

— Mme Davies, ma secrétaire, sera à notre table. Pour le moment, je ne sais pas trop où elle est.

En train de veiller avec compétence au bon déroulement de la soirée, devina Ginger. Il faudrait qu'elle pense à lui faire parvenir un petit cadeau de remerciement.

L'orchestre de jazz jouait le répertoire en vogue en ce début de siècle : des titres des New Orleans Rhythm Kings, des Savoy Orpheans et des Wolverines.

Felicia cria par-dessus les cuivres :

— Ils sont rudement bons !

Ambrosia plissa la bouche en cul de poule, comme pour souffler dans une trompette imaginaire.

— Bien trop agités et bruyants, à mon avis.

Au fond de la salle se trouvait le buffet des rafraîchissements : boissons sans alcool et petits-fours.

— Avez-vous vu passer un serveur, Ginger ? demanda Ambrosia. Je meurs de soif.

— Je crois qu'il faut aller se servir soi-même.

Ambrosia se rengorgea, appuyée sur sa canne.

— Se servir soi-même ? Où diable a-t-on déjà vu une chose pareille !

— C'est un bal de bienfaisance, grand-mère.

Felicia se leva d'un bond.

— Je vais nous chercher à boire !

Et sur ces mots, elle fila. Ambrosia, pantoise, se tourna vers Ginger, outrée de ne pas avoir eu le temps de répliquer.

— Ah, si seulement j'avais une once de l'énergie que déploie cette petite !

Ginger comprit la raison du soudain élan altruiste de sa belle-sœur. Un beau gentleman se tenait seul au buffet des rafraîchissements. Felicia ne tarda guère à entamer la conversation avec lui. Pour finir, l'homme l'aida à porter les boissons et la raccompagna jusqu'à leur table avec une assiette de gâteaux et de bonbons au chocolat.

— Merci, Felicia, dit Ginger avec un clin d'œil entendu

— Je vous présente M. Rogers, annonça Felicia, toute guillerette. Il s'apprête à m'inviter à danser.

Le jeune homme tourna vers elle un regard surpris, sourit et lui offrit le bras.

Ambrosia ne put cacher sa consternation.

— De mon temps, jamais une jeune dame n'aurait forcé un gentleman à l'inviter à danser !

Ginger but une gorgée de sa citronnade tout en scrutant l'assemblée. Le bal avait attiré beaucoup de monde, constata-t-elle avec plaisir. Même lady Meredith était en train de danser ! Son cavalier était plus petit qu'elle, mais pour ce qui était de danser, il ne lui était en rien inférieur. C'était une bonne chose pour cette pauvre lady Meredith ! Elle devrait sortir plus souvent sans sa mère.

Ginger balaya la salle du regard, dans un sens et dans l'autre. Aucun signe de Basil. De toute évidence, sa femme n'avait pas encore pu le prévenir. Avant de quitter Hartigan House, Ginger avait glissé le message codé et sa version déchiffrée dans la poche de sa robe. Pour se rassurer, elle effleura le petit papier plié en quatre.

Dorothy West s'approcha d'elle, un verre à la main, l'air assez nerveux.

— Bonsoir, lady Gold.

— Bonsoir, Dorothy. Quel plaisir de vous rencontrer ici !

— Oui… Hum, cette place est-elle libre ? demanda la jeune fille en désignant le seul siège à ne pas être occupé.

— Bien sûr. Je vous en prie, venez vous joindre à nous.

Dorothy n'était pas du genre bavard. Elle sirotait sa boisson, sans quitter des yeux un point à l'autre bout de la salle. Ginger suivit la direction de son regard et haussa un sourcil étonné. La personne qui intéressait tant sa jeune employée n'était autre qu'Oliver Hill.

Quand elle s'aperçut que sa patronne l'observait, Dorothy piqua un fard.

— Le révérend Hill est plutôt séduisant pour un ecclésiastique, n'est-ce pas, lady Gold ?

Ginger cilla. Dorothy nourrissait-elle un faible pour Oliver ? Cette pensée remua d'étranges sentiments en elle. À sa grande honte, elle découvrit qu'elle tenait à l'exclusivité de l'affection d'Oliver, bien qu'elle ne fût pas disposée à la lui payer de retour.

— Tout à fait séduisant, en effet, répondit-elle.

Dorothy se pencha vers elle.

— Vous n'habitez pas dans sa paroisse, si ? Je ne vous ai jamais vue à Saint-George, le dimanche matin.

— Non, je fréquente une église plus proche de chez moi, quand j'en ai la possibilité.

Toutefois, songea Ginger, il était peut-être temps de changer d'habitudes.

— Dites, comment avez-vous fait la connaissance du révérend Hill ?

Ginger trouvait les questions de Dorothy parfaitement impertinentes. En quoi cela la regardait-il ? Mais elle se souvint du temps où, jeune fille, elle s'était elle aussi entichée d'un garçon. Chez les jeunes filles immatures, le sentiment amoureux faisait parfois passer la politesse au second plan.

— Par un ami commun…

Ginger sourit avec tendresse à la pensée du jeune Scout. Elle espérait qu'il était au chaud et en sécurité, cette nuit.

Oliver revint à leur table et tira sa chaise avec tant d'énergie qu'il la fit décoller du sol.

— Désolé d'avoir été si long ! J'ai parfois du mal à faire un pas sans être arrêté par chaque paroissien que je croise.

— Quelle merveille de recevoir de telles marques d'estime ! déclara Ginger.

Oliver eut un petit rire.

— Disons qu'il est agréable de se sentir apprécié.

Ginger lui sourit en retour.

— C'est vrai.

Face à eux, Dorothy assistait à leur échange, les yeux écarquillés et les traits figés. Remarquant la raideur de la jeune fille, Oliver la salua :

— Bonsoir, mademoiselle West. Je suis ravi que vous soyez des nôtres, ce soir.

Dorothy s'illumina.

— Ah, oui ?

— Bien sûr. Et j'espère que vous me réserverez une danse.

Si Dorothy avait eu une queue, pensa Ginger, elle l'aurait remuée frénétiquement.

— Mais oui. Mais oui !

— Formidable !

Content de la voir toute contente, Oliver reporta son attention sur Ginger. Hélas, songea-t-elle, le révérend était loin de se douter que Mlle Dorothy West venait d'interpréter son invitation comme une marque d'intérêt et non de simple bienveillance.

Mais Ginger délaissa Oliver Hill pour s'intéresser à la personne qui venait d'entrer dans la salle paroissiale. Depuis le début de la soirée, elle attendait de voir Haley – son amie lui avait en effet promis de venir au bal dès qu'elle aurait fini de réviser sa médecine. Mais le nouvel arrivant était un homme et il était seul. Ses cheveux noirs, lissés de part et d'autre d'une raie au milieu, dégageaient un visage rasé de près, des yeux bleus et un nez assez proéminent. L'homme s'acquitta du don à l'entrée et, le regard brillant de curiosité, se pavana jusqu'au bord de la piste d'où il considéra les danseurs d'un petit air narquois. Ses yeux firent le tour de la salle avant de venir se planter dans ceux de Ginger qui détourna vivement la tête.

— Connaissez-vous cet homme ? demanda-t-elle à Oliver.

Ce dernier se contorsionna pour apercevoir la personne à qui elle faisait référence.

— Celui aux cheveux noirs ?

— Oui.

Oliver secoua la tête.

— Non, je ne vois pas qui c'est.

Le regard de Ginger fut attiré par Felicia qui dansait avec un autre partenaire. Ce dernier avait ôté sa veste et retroussé les manches de sa chemise blanche. Comme nombre de gentlemen présents, il portait un nœud papillon et des bretelles qui faisaient remonter ses pantalons un peu trop courts, révélant des chaussettes à losanges et des chaussures en cuir. Felicia et lui s'étaient lancés dans un charleston endiablé, enchaînant les coups de pied et les déhanchements.

— Cela a l'air amusant, remarqua Oliver.

— Un peu trop mouvementé pour moi, répliqua Ginger en portant la main à son cou.

L'orchestre comprit qu'il était temps de ralentir le rythme afin que les danseurs puissent reprendre leur souffle. Les premiers accords d'une valse s'élevèrent.

Oliver se tourna vers Ginger, les yeux pleins d'expectative.

— M'accorderez-vous cette danse ?

Ginger sourit tandis qu'Oliver se précipitait pour lui tirer sa chaise. Il lui prit la main – la sienne était douce et étonnamment puissante – et la mena jusqu'à la piste de danse. Adoptant instantanément la posture requise, il monta le coude droit, et tendit la main gauche, paume tournée vers le ciel. Ginger, amusée par tant d'impatience, fit ce qu'on attendait d'elle. Elle plaça une main dans celle d'Oliver, posa l'autre sur son épaule, et se laissa légèrement enlacer par la taille.

Le prêtre se révéla un danseur expert qui la fit tournoyer avec grâce tout autour de la salle.

— Oliver, vous me stupéfiez ! s'exclama-t-elle lorsqu'ils regagnèrent leur table.

— Parce que je sais danser ?

— Parce que vous savez bien danser ! Danser, c'est à la portée du premier venu.

— Vous ne vous débrouillez pas mal non plus, Ginger. Comment va votre nuque ? J'espère que l'exercice n'a pas été trop éprouvant pour vous ?

— Je vais tout à fait bien, je vous assure.

Haley arriva peu de temps après, suivie par le Dr Gupta. Ginger réprima son étonnement.

— Je lui ai tellement vanté le travail que vous faisiez avec le révérend, expliqua Haley, que le docteur a tenu à m'accompagner.

Ginger lui tendit la main.

— Ravie de vous revoir, docteur Gupta.

— Je suis très intéressé par votre œuvre de bienfaisance. Peut-être pourrais-je suggérer la création d'un dispensaire pour les enfants.

— Ce serait formidable. Cela fait un moment que je cherche comment venir en aide à ces malheureux autrement qu'en leur remplissant l'estomac. Tenez, permettez-moi de vous présenter le révérend Hill.

Oliver fut enthousiasmé par la suggestion du Dr Gupta et très vite, les deux hommes s'engagèrent dans une conversation passionnée axée sur leur intérêt commun : le secours aux indigents.

— Il semblerait que nos cavaliers nous aient abandonnées, ironisa Haley.

— Le Dr Gupta est donc votre cavalier.

Haley partit d'un éclat de rire.

— Du tout ! C'était une façon de parler.

Le gentleman aux cheveux noirs qui était arrivé un peu plus tôt s'approcha de leur table. Ginger s'attendait plus ou moins à ce qu'il vienne l'inviter. Elle avait remarqué qu'il regardait souvent dans sa direction.

— Si vous êtes libre pour cette danse, madame…

Il avait l'accent américain. Du Sud, plus précisément.

Ginger se tourna vers Haley.

— Cela ne vous ennuie pas ?

Elle ne voulait pas laisser son amie se conforter dans l'idée qu'elle était vouée à faire tapisserie.

Haley agita la main avec bonne humeur.

— Amusez-vous !

Ginger ne connaissait pas l'homme qui la tenait par la main et par la taille, et pourtant il lui rappelait vaguement quelqu'un.

— J'ai vécu vingt ans à Boston, lui confia-t-elle alors qu'ils évoluaient sur le parquet. Ma belle-mère et ma demi-sœur sont toujours là-bas.

— C'est une belle ville, Boston. Moi, je suis d'une bourgade, à la sortie de Dallas.

— Et qu'est-ce qui vous amène à Londres ?

Un sourire se dessina sur la bouche de l'inconnu, mais ses yeux demeurèrent froids.

— Vous.

Ginger se raidit. L'avait-il suivie ? Depuis les États-Unis ?

— Je regrette, mais je n'ai pas bien saisi votre nom, monsieur… ?

Depuis le début, son cavalier la faisait évoluer en lisière de la piste. Soudain, il l'attira à lui et, sans cesser de danser, l'entraîna dans un coin sombre. Il la serrait de si près que Ginger fut assaillie par son eau de Cologne. Le cœur lui manqua. Cette odeur, elle la connaissait !

Le tueur était là, sous son nez, et depuis le début ! Elle s'écarta de lui.

— C'était donc vous.

— Je vous demande pardon ?

La comtesse roumaine, Matthew Haines, l'employé indien de la blanchisserie du Ritz : tous ne faisaient qu'un avec cet homme !

— M. Haines ? Ma parole, vous êtes passé maître dans l'art du travestissement.

— Votre intelligence vous perdra, lady Gold.

Pas étonnant que Basil et ses agents aient cherché en vain l'hôtel où la comtesse figurait au registre. Pas étonnant qu'on ait perdu toute trace d'elle après sa fuite dans le métro. La comtesse Andreea Balcescu n'avait jamais existé.

Matthew resserra sa poigne de fer. Ginger grimaça, la main prise dans un étau. Elle chercha son sac du regard : il était accroché au dossier de sa chaise, à cinq mètres de là. Ce n'était pas son revolver qui allait la sauver.

— Mon véritable nom n'a aucune importance, dit Matthew. Mais vous avez en votre possession quelque chose que je veux et que vous allez me donner si vous ne voulez pas finir comme Mary Parker.

28

— Eh bien, M. *Qui-que-vous-soyez*, lâcha Ginger avec mépris, vous étiez fort convaincant en lady. À défaut d'être séduisant…

— Je n'ai aucune vanité. Seul le résultat m'importe, proclama Matthew.

Son phrasé du Sud américain avait laissé la place à un vibrant accent russe.

— Et quelle est donc cette chose que je suis censée détenir ? lui demanda Ginger.

— Un message codé. Il a été déposé dans votre boutique de luxe par la perfide *Olga Pavlovna*, afin qu'un de vos agents le récupère. J'avais pour mission de me débarrasser de la traîtresse et d'intercepter le message.

Mary Parker était arrivée assez tard au gala. Profitant sans doute du malaise de la princesse Sophia ou de celui de lady Whitmore, elle s'était faufilée à l'étage afin de dissimuler son châle parmi les articles de la nouvelle collection. Pas une seule fois Ginger n'avait vu lord Whitmore et la grande-duchesse ensemble. Ils avaient fait très attention à ce qu'on ne les associe jamais tous les deux. Sauf que les vapeurs de son épouse avaient empêché lord Whitmore d'aller récupérer le message en toute discrétion. Matthew, qui pensait sans doute que Mary Parker portait le message sur elle, l'avait alors assassinée avant de comprendre qu'elle avait déjà accompli sa mission. Voilà pourquoi dans la semaine, lady Whitmore était subrepticement revenue faire un tour à l'étage de Plumes & Styles : elle agissait sur ordre de son mari. Pas étonnant qu'elle ait paru désespérée de devoir repartir bredouille.

— Qu'est-ce qui vous fait croire que ce message est en ma possession ?

— Je vous connais, lady Gold. Pour moi, cela ne fait aucun doute : vous avez trouvé le message, vous l'avez lu et décodé. Ce que j'ignore, c'est si vous avez fait part de vos découvertes à quelqu'un.

— À personne. Jamais je ne mettrais l'un de mes proches en danger en me confiant à lui.

— Vous avez été bien entraînée, lady Gold…

Assez bien, pensa Ginger, pour savoir que le Russe la tuerait dès qu'il aurait mis la main sur le message.

— Je ne l'ai pas sur moi.

— Je ne vous crois pas.

— Pourquoi l'aurais-je emporté ?

— Parce que vous n'auriez pas pris le risque que quelqu'un d'autre le trouve. Un cambrioleur, par exemple…

Les mains du Russe s'égarèrent sur le corps de Ginger. Elle s'écarta vivement, indignée.

— Dites donc, ne vous gênez pas !

Il la ramena contre lui, sa main libre cherchant à s'introduire dans la poche de sa robe. Ginger se contorsionna sur elle-même afin d'empêcher les doigts du Russe de se refermer sur le petit papier plié en quatre. Il ne fallait surtout pas qu'il puisse lire le message et repartir avec !

— Ne jouez pas les vierges effarouchées, lady Gold ! Vous allez me donner le code, et tout de suite. De toute façon, je vais m'en aller. Mais si je repars les mains vides, je crains qu'il n'arrive quelque chose de terrible à votre charmante belle-sœur. C'est une excellente actrice, je dois le reconnaître. Mais jouait-elle la comédie lorsqu'elle gratifiait ce goujat d'Angus Green de ses envolées à l'eau de rose ? J'ai bien peur que non.

Ginger regarda par-dessus l'épaule du Russe. Là-bas, à la table où elles étaient assises, Felicia et Haley bavardaient gaiement, inconscientes du danger tout proche.

Ginger se raidit. La main de Matthew venait de s'enfoncer dans sa poche. La seconde d'après, il se roulait par terre en se tenant la figure entre les mains.

— Il m'a cassé le nez, le salaud !

— Oliver ! s'écria Ginger, stupéfaite.

Le révérend Hill sautait d'un pied sur l'autre en se tenant le poing :

— Ouille, qu'est-ce que ça fait mal !

Mais devant Matthew qui continuait de se tordre de douleur à ses pieds, il se figea :

— Oh, Seigneur ! Je ne sais pas ce qui m'a pris.

Matthew ôta enfin les mains de son visage et Oliver hoqueta à la vue du sang.

— Horreur ! Je lui ai arraché le nez !

— Ce n'est qu'une prothèse, Oliver, intervint Ginger. Il n'y a pas mort d'homme.

Matthew finit de décoller son faux nez, tandis qu'un flot de sang s'écoulait du vrai. Ginger se précipita vers son sac à main et dégaina le Remington.

— Ginger ? se récria Haley.

Mais avant que Ginger ait pu s'expliquer, Ambrosia l'apostrophait déjà de sa voix autoritaire :

— *Georgia ! Que diable... ?*

Matthew tenta maladroitement de se relever tout en comprimant l'hémorragie d'un pan de sa chemise.

— Restez à terre !

Fermement campée sur ses jambes, Ginger braqua l'arme sur lui à deux mains.

— Qu'est-ce que je vois ? ironisa Matthew avec un sourire narquois. Une femme armée d'un pistolet ?

— J'ai grandi en Amérique, monsieur Haines. Si je tire, je ne vous manquerai pas.

Haley et le Dr Gupta durent se frayer un passage dans la foule qui s'était amassée autour d'eux.

— Que s'est-il passé ? s'enquit Haley.

— C'est Oliver, répondit Ginger. Il lui a mis son poing dans le nez.

Haley jeta un regard interrogateur à l'ecclésiastique qui haussa les épaules.

— Il se conduisait d'une façon indigne d'un gentleman.

— Dr Gupta, votre cravate ! jeta Ginger. Cet homme est recherché par la police.

Tandis qu'elle ordonnait au Russe de mettre les mains dans le dos, le Dr Gupta dénoua sa cravate et lui ligota les poignets.

— Ginger ?

Elle se retourna : Basil Reed s'était frayé un chemin jusqu'à elle.

— Je viens seulement de recevoir votre message. Que se passe-t-il ?

— Bonsoir, inspecteur principal, dit Ginger en baissant son arme. Voici votre assassin.

29

Les agents de police arrivèrent et embarquèrent un « Matthew Haines » fort marri à l'idée de se retrouver en détention provisoire.

Oliver se tapa dans les mains.

— Eh bien, quelle soirée palpitante ! Et maintenant, quelle est la procédure à suivre ? Dois-je renvoyer tous les participants dans leur foyer ?

— Non, inutile de mettre un terme prématuré à votre bal, révérend, dit Basil.

Oliver lui sourit.

— Épatant !

Ginger se massait la nuque. La brutalité de Haines n'avait pas arrangé ses cervicales et son cou la faisait souffrir. Le Dr Longden allait lui passer un de ces savons…

Basil remarqua son inconfort.

— Comment allez-vous ?

— Je crains d'avoir un méchant mal de tête.

— Je vous en prie, permettez-moi de vous raccompagner chez vous.

— J'ai eu assez d'émotions pour ce soir, décréta Ambrosia. Révérend Hill, allez me chercher mon manteau, je vous prie.

— Et le mien, dit Ginger. L'inspecteur principal nous a proposé de nous ramener de bonne heure, moi et la lady douairière Gold. Cela vous ennuierait-il de déposer Felicia et Haley plus tard dans la soirée ?

Les yeux d'Oliver se posèrent sur Basil et une lueur d'incertitude voila son regard.

— Non, bien sûr, répondit-il enfin.

— Vous êtes toute pâle, Ginger, s'inquiéta Haley. Je devrais peut-être rentrer moi aussi de bonne heure afin de vous aider à vous mettre au lit.

— Je suis tout à fait capable de me préparer toute seule pour la nuit. Et puis, j'ai Lizzie.

— C'est vrai. J'oublie toujours que vous avez une femme de chambre.

Ginger émit un murmure incrédule. Haley n'oubliait jamais rien. Elle aimait simplement se mettre au diapason de ce qu'elle pensait être la haute société.

Ginger la surprit en train de regarder le Dr Gupta. Voilà pourquoi Haley n'avait pas trop insisté pour rentrer avec elle. En tout cas, ce n'était pas par amour de la danse.

Oliver revint avec le manteau de Ginger et celui d'Ambrosia.

— Merci d'être venu à ma rescousse.

Elle lui donna une brève accolade. Oliver vira au cramoisi.

— Je suis simplement reconnaissant au Seigneur qu'une catastrophe ait pu être évitée.

Ginger n'aurait pas dû craindre que le trajet de retour se fît dans un silence contraint. Ambrosia se fit un devoir de bombarder Basil de questions sur son métier, puis de lui exprimer son opinion sur les temps qui avaient bien changé. À leur arrivée à Hartigan House, Ginger se sentit tenue d'inviter Basil à boire un dernier verre. Après une telle inquisition, c'était la moindre des choses.

— Vous boirez bien quelque chose, le temps de discuter des rebondissements de la soirée ?

Basil hésita et pendant un instant, Ginger crut qu'il allait décliner sa proposition.

Il éteignit le moteur de l'automobile en la regardant droit dans les yeux.

— D'accord.

Ginger était bien décidée à se comporter avec naturel, comme si rien d'autre ne se cachait derrière cette discussion. Car ce n'était que cela, une simple discussion. Elle pria Lizzie de lui apporter un cachet d'aspirine, puis s'assit devant le feu pendant que Pippins leur préparait un verre.

— Merci, Pips. Ce sera tout pour ce soir. Et dites à Lizzie qu'elle peut également se retirer.

— Voyez-vous un inconvénient à ce que je me serve de votre téléphone ? lui demanda Basil.

Qui allait-il appeler ? Sa femme ? Pour lui dire quoi ? Qu'il buvait un dernier verre avec une dame ?

Ginger n'avait aucune intention de s'en enquérir.

— Aucun inconvénient, répondit-elle. Vous savez où c'est.

Boss, qui avait entendu sa maîtresse arriver, poussa du museau la porte du séjour et vint lui donner un petit coup de truffe dans le mollet. Ginger se tapota les genoux pour l'inciter à monter dessus. Le petit chien s'y pelotonna et ferma les yeux tandis qu'elle caressait son front soyeux.

À son retour, Basil prit place dans l'autre fauteuil et but une gorgée de son gin tonic.

— J'ai convoqué les responsables du chiffre à Scotland Yard ; ils pourront faire passer le code à qui de droit, au MI5. (Il leva son verre.) Beau travail de décryptage, Ginger.

— Merci. Ce message signifie-t-il ce que je crois ?

Basil se laissa aller dans le fauteuil et croisa les jambes.

— Que croyez-vous qu'il signifie ?

— *Steel in. Iron out. 24h.* Traduction : « Acier dedans. Fer dehors ». Staline – l'homme d'acier en russe – dedans. Lénine – surnommé l'homme de fer – dehors. Vingt-quatre… heures ? À mon avis, cela veut dire que Joseph Staline projette d'assassiner Vladimir Lénine pour lui succéder au poste de dictateur de la Russie.

— Il y a longtemps que vingt-quatre heures se sont écoulées depuis que le message aurait dû être reçu.

— Alors, c'est qu'il s'agit d'une date. Le 24.

Basil réfléchit longuement en secouant la tête.

— Mais Lénine est déjà très malade. Pourquoi ne pas se contenter de laisser la nature suivre son cours ?

— Staline est peut-être impatient d'accéder au pouvoir suprême, suggéra Ginger. Après tout, Trotski n'est pas le seul à ronger son frein, en coulisse. Et si l'on croit les rumeurs, Lénine cherchait à destituer Staline de son poste de secrétaire général. Staline n'a peut-être pas envie de laisser à Lénine le temps d'y parvenir.

— Si c'est le cas, il n'y aurait aucun moyen de le prouver. Pas d'ici, du moins.

— Vous avez raison, concéda Ginger. Le message a probablement une tout autre signification. Après tout, il est fort possible que Lénine recouvre la santé. Il n'a que cinquante-quatre ans.

— Dans tous les cas, la mission de Mary Parker était de communiquer ce message au MI5.

— Elle travaillait donc pour les Britanniques ?

Basil opina du chef.

Ils restèrent un long moment silencieux. Le tic-tac de la pendulette sur le manteau de la cheminée semblait plus sonore que d'habitude.

Basil alla attiser le feu, fourrageant dans les braises à grands coups de tisonnier. Puis il se tourna vers Ginger, l'air profondément malheureux.

— Je ne suis pas sûr de me conduire correctement.

Ginger se raidit face à ce brusque changement de sujet.

— Que voulez-vous dire ?

Sa question était un piège. Ginger était sûre de savoir ce qu'il entendait par là. Elle attendit sa réponse, le cœur battant.

— Vis-à-vis d'Emelia… et vis-à-vis de vous.

— Basil…

— Vous ne pouvez ignorer ce que je ressens pour vous, Ginger. Depuis notre rencontre sur le *Rosa*, vous n'avez cessé de me subjuguer. J'ai beau tenter de vous chasser de mes pensées, mon propre esprit me trahit. Dites-moi simplement qu'il n'y a pas d'avenir pour nous deux et je n'aborderai plus jamais le sujet.

— C'est terriblement injuste de votre part ! Vous vous déchargez sur moi du fardeau de votre mariage.

Basil se passa la main dans les cheveux et referma ses doigts sur sa nuque.

— Vous avez raison. Je suis désolé.

Ginger baissa la voix pour lui demander :

— Aimez-vous Emelia ?

C'était le moment de vérité, le moment pour Basil d'admettre que son amour pour sa femme était mort le jour où elle l'avait quitté pour un autre homme. Après s'être cru assez fort pour ranimer la flamme, il s'était aperçu qu'il n'en avait plus l'envie. Il avait pris conscience que rester avec Emelia ne pouvait que les conduire à une conclusion malheureuse et amère.

Il hésita avant de confesser :

— Oui, je crois que je vous aime toutes les deux.

C'était une déclaration d'amour, mais surtout, c'était une déclaration que Ginger était en droit d'accepter. Son cœur souffrait de savoir que Basil avait des sentiments pour elle, mais son prétendu amour pour sa femme anéantissait tout espoir de bonheur avec lui.

— Dites quelque chose, l'implora-t-il avec douceur.

— Vous avez aimé Emelia en premier. Et vous vous êtes unis par les liens sacrés du mariage. Ce n'est pas rien, Basil, je suis bien placée pour le savoir.

— Oui, mais lord Gold ne vous a jamais…

Trompée ?

— Non, il est mort. C'est bien pire.

Ce soir-là, avant de se coucher, Ginger ouvrit le tiroir de sa table de chevet et en sortit une photographie encadrée. Elle essuya le verre du revers de la manche de son peignoir en soie. Deux mois plus tôt, elle s'était crue capable de tourner la page, de dire adieu à son lieutenant, à Daniel, à lord Gold. Mais elle s'était trompée. C'était trop dur.

Elle déposa un baiser sur la photographie en noir et blanc.

— Vous m'avez manqué, mon amour.

S'enfonçant dans les gros oreillers en plume, elle ferma les yeux et s'endormit, le cadre serré contre son cœur.

30

Ginger se régalait des brunchs du samedi à Hartigan House. Il faut dire que Mme Beasley cherchait en permanence à les surprendre : œufs au plat et bacon, toasts tartinés de beurre frais, pêches au sirop, friture de harengs fumés, le tout accompagné d'un thé bien chaud. Même Felicia sortait de son lit vers 10 heures pour se joindre au festin.

Elle arriva à la table du petit déjeuner, enveloppée dans un peignoir en satin. Ses cheveux courts, qui n'avaient pas encore vu la brosse, rebiquaient à l'arrière de sa tête.

— Je n'arrive toujours pas à croire que la comtesse Balcescu ait été Matthew Haines depuis le début, déclara-t-elle en faisant la moue. Décidément, je n'ai pas de chance avec les hommes !

— En tout cas, c'est une bonne chose qu'aucun d'eux ne soit témoin de cet étalage, lâcha Ambrosia en la désignant d'un geste méprisant. Serait-ce trop vous demander d'avoir l'élémentaire courtoisie de vous habiller ?

— Je retourne au lit après, grand-maman.

Ambrosia souffla de désapprobation, mais s'abstint de tout commentaire. Certaines batailles ne valaient pas la peine qu'on s'y engage, du moins pas avant le petit déjeuner.

Haley prit la parole :

— Une chose est sûre, M. Haines possède de remarquables talents d'acteur. Cela ne peut lui être retiré.

Haley n'arborait pas encore son faux carré court. Ses longues boucles brunes reposaient sur son épaule, mollement ramassées en queue-de-cheval. Elle, en revanche, s'était habillée avant de descendre : un chemisier en coton et une jupe en laine lui composaient une silhouette sans chichis.

— À aucun moment de la soirée, je ne me suis doutée que c'était lui.

Dans l'appartement de Matthew Haines, la police avait découvert un véritable arsenal de déguisements, postiches et accessoires, y compris la moustache blond foncé qu'il portait pour incarner son personnage de comédien, mais aussi la gaine rembourrée de plumes d'eider qui donnait à la comtesse Balcescu cette corpulence si particulière. Haines avait avoué travailler pour une faction pro-stalinienne de l'Armée rouge, avait expliqué Basil, qui était passé voir Ginger dans un but purement professionnel. Quant à Mary Parker, agent secret britannique, elle s'était immiscée dans le même cercle que le Russe à des fins de noyautage. Nul doute que sa beauté lui en avait facilité l'accès.

— Je me suis fait berner moi aussi par M. Haines, dit Ginger. Hier soir, sans ses lunettes et sa moustache, avec ses cheveux passés au cirage noir et son faux nez, il avait une allure, une voix et des gestes aux antipodes de son personnage de comédien.

Haley se mit à pouffer.

— Et ce pauvre révérend Hill qui croyait lui avoir cassé le nez !

— J'ai trouvé Oliver tout à fait chevaleresque, déclara Ginger.

Felicia approuva.

— Ah, si seulement un homme volait à mon secours de façon si héroïque !

— M. Haines avait également de remarquables dons d'imitateur, ajouta Haley. Quel malheur qu'il ait choisi d'user de ses talents pour faire le mal !

— C'est lui qui a versé de l'hydrate de chloral dans les verres de la princesse Sophia et de lady Whitmore, poursuivit Ginger. Il a tout avoué.

— De l'hydrate de chloral… Un sirop soporifique, confirma Haley. Cela expliquerait que ces dames se soient trouvées mal.

— Oui. Profitant de la diversion, il s'est faufilé derrière la tenture à la suite de Mary Parker et l'a assassinée dans le salon d'essayage.

— Le scélérat ! éclata Ambrosia.

— Ma foi, je suis bien contente que tout cela soit fini, conclut Ginger. L'homme que nous connaissions sous le nom de Haines sera pendu pour ses crimes.

Boss se mit à geindre pour attirer son attention. Ginger, attendrie, lui donna discrètement un petit morceau de bacon.

Lizzie arriva avec une autre théière et resservit toutes ces dames.

— Dois-je faire faire sa promenade matinale à Boss, madame ?

— Si cela ne vous ennuie pas, oui. Maintenant que cette affaire est bouclée, j'ai beaucoup de travail qui m'attend à la boutique.

Lizzie emmena Boss à l'instant où Pippins entrait dans le petit salon avec le journal du samedi.

— Des nouvelles de Russie, madame. J'ai pensé que cela vous intéresserait.

— Merci, Pips.

Ginger déplia le journal et l'étala sur la table.

MORT DE LÉNINE À 54 ANS.
Sa dépouille exposée à Moscou.
L'Armée rouge pourrait s'emparer du pouvoir.

Ginger regarda droit devant elle, les yeux dans le vague. Vladimir Lénine avait-il succombé à une attaque, comme c'était écrit dans le journal ? Ou bien avait-il été assassiné, comme le suggérait le fameux message codé ?

Elle échangea un regard soupçonneux avec Haley qui, à son tour, était en train de lire l'article. C'était la seule personne, en dehors de Basil, à qui elle avait parlé du code.

Le papier à cigarette avait été transmis au MI5 par l'intermédiaire de Scotland Yard. Apparemment, Mary Parker avait appris que la faction pro-stalinienne de l'Armée rouge projetait plusieurs assassinats dans le but de précipiter l'accession de Staline au pouvoir. Ginger ignorait comment l'Angleterre pouvait réagir à cette information, à part en se préparant à accueillir encore plus de réfugiés russes. Avec un peu de chance, ces événements n'entraîneraient pas l'Europe dans une nouvelle guerre.

— La police a-t-elle enfin découvert à qui appartenait le Blue Desire ? s'enquit Felicia.

— Oui, répondit Ginger en reprenant du thé. À une baronne lituanienne. Un important vol de bijoux avait été commis dans une banque, là-bas, et le Blue Desire faisait partie du butin. Le diamant a changé de mains à plusieurs reprises, semant la mort au cours de son périple. Au bout du compte, il s'est retrouvé en possession de la princesse Sophia. Dans quelles conditions, la malheureuse ne pourra hélas jamais nous le dire. Par mesure de précaution, elle avait fait fabriquer une réplique du diamant bleu, sachant qu'il avait déjà été l'objet de nombreux vols – mais aussi parce qu'il avait la réputation de porter malheur. Et justement, c'est cette réplique qui a été dérobée.

Toujours d'après les aveux de M. Haines, le soir du gala, la princesse Sophia avait elle-même mis la « comtesse » dans la confidence, après avoir bu une coupe de champagne de trop.

— Décidément, M. Haines était un homme très occupé, ironisa Haley.

— En effet. Dès qu'il a su pour le Blue Desire, sa mission a été reléguée au second plan. Il s'est déguisé en employé de blanchisserie pour dérober le diamant. La princesse Sophia l'a surpris en train de fouiller sa chambre et il l'a tuée.

— Voilà qui n'est pas de chance, commenta Haley, impassible.

— Mais comment la réplique du diamant bleu est-elle entrée en possession de Mary Parker ? demanda Felicia.

— Eh bien, la réplique volée a fini par revenir en Russie et Mary Parker a mis la main dessus d'une façon ou d'une autre, répondit Ginger. Même la réplique du Blue Desire porte malheur, apparemment.

— Juste ciel ! s'exclama Ambrosia. Quelle histoire alambiquée !

— Je me demande si je ne devrais pas moi aussi faire faire des répliques de mes bijoux de valeur, lança Felicia en se levant de table.

Ambrosia lui emboîta le pas.

— Des bijoux de valeur, Felicia ? De quoi voulez-vous parler ? Ne me dites pas que vous avez accepté des présents de ces jeunes gens que vous fréquentez !

— Oh, grand-maman… Je plaisante, voyons !

Ginger ne put réprimer un rire en les regardant s'éloigner.

— Elles font la paire, ces deux-là !

Haley acquiesça.

— On peut le dire ! (Elle repoussa sa chaise.) Allons, je dois retourner à la faculté.

En quelques gestes adroits, elle entortilla sa queue-de-cheval de manière à former un faux carré court, puis le fixa à l'aide des épingles à cheveux qu'elle gardait dans sa poche. Elle avait tellement l'habitude de se coiffer ainsi qu'elle n'avait même plus besoin de miroir.

— Un samedi ? s'étonna Ginger.

— Oui, on attend de nouveaux cadavres à la morgue, expliqua Haley, les yeux brillants.

Ginger ne put s'empêcher de sourire. Il n'y avait que Haley pour s'enthousiasmer à ce point à la perspective d'une livraison aussi macabre.

— Ma foi, amusez-vous bien !

Ginger finit son thé et alla dans le bureau où le travail s'était entassé durant cette semaine mouvementée. Une lettre l'attendait bénignement sur un plateau d'argent.

Elle incisa l'enveloppe au coupe-papier et en tira une mince feuille pliée en deux.

Chère Madame Gold,
On s'est bien amusés, n'est-ce pas ? C'est moi qui ai eu l'idée d'organiser l'échange dans votre boutique, afin de vous appâter. Avouez-le, vous mourez d'envie de réintégrer notre équipe.
Bien à vous,
Capitaine Francis Smithwick

Ginger suffoqua de colère. Le capitaine Smithwick s'était servi du gala qu'elle avait organisé pour faire son sale boulot ! Plus jamais elle n'accepterait d'être sous les ordres de quiconque, et encore moins de cet homme-là ! Écumante de rage, elle gratta une allumette de son père, mit le feu à la lettre et la jeta dans l'âtre.

— Et maintenant, cela suffit, marmonna-t-elle. Je refuse d'accorder une seule autre pensée à cet homme.

Elle retourna à son bureau et entreprit de trier les factures et les bons de commande. Puis elle ouvrit le livre de comptes qu'elle avait rapporté de Plumes & Styles et consulta les colonnes de recettes et de dépenses. Malgré cet horrible meurtre, les affaires de la semaine avaient été bonnes, constata-t-elle avec plaisir. C'était une bonne nouvelle pour le Secours aux petits nécessiteux ! De fait, elle avait prévu de passer à Saint-George, en fin d'après-midi. Oliver voulait discuter avec elle de leur œuvre commune et des procédures à mettre en place. Rien de plus, espérait-elle. Elle pensait avoir été claire à ce sujet, mais l'expérience lui avait appris qu'il fallait parfois répéter plusieurs fois le même message avant qu'il soit compris.

Et puis, elle souffrait encore de son accident d'automobile. Le Dr Longden l'avait incitée à ralentir le rythme. Quelques bains chauds et de bonnes nuits de sommeil avaient fait merveille sur les muscles de sa nuque, mais il lui faudrait encore quinze jours de repos avant d'être tout à fait guérie.

Pippins frappa à la porte.

— Entrez !

— Mlle Higgins vous demande au téléphone, madame.

Il fallait faire installer un autre téléphone dans le bureau, pensa Ginger en repoussant son fauteuil du secrétaire. Dès qu'elle aurait raccroché avec Haley, elle appellerait la compagnie du téléphone.

— Haley ?

— Oui, c'est moi. J'ai quelque chose à vous apprendre, quelque chose qui va vous beaucoup intéresser.

Ginger se raidit.

— De quoi s'agit-il ?

— Le Dr Watts attendait deux cadavres qui ont été livrés hier soir à la faculté de médecine. Mais ce matin, il y en avait un troisième dans le congélateur ! Un de trop. Un corps qui n'était pas enregistré.

— Comme c'est bizarre…

Mais en quoi cela la concernait-il ? se demanda Ginger, perplexe.

Haley reprit :

— Ginger, je crois avoir retrouvé votre disparu !

— Mon disparu ?

— Mais oui ! L'ami de Felicia, le comédien.

— Angus Green ?

Entre le meurtre de Mary Parker et celui de la princesse Sophia, Ginger l'avait presque oublié, celui-là !

— Il est mort ?

— Oui. Il a été assassiné.

Ginger porta la main à son rang de perles.

Oh, miséricorde...

Remerciements

J'adresse toute mon affection à la liste qui ne cesse de s'allonger des fans de Ginger Gold ! Rien que pour vous, ça vaut la peine de travailler dans « le sang, la sueur et les larmes ».
Une fois de plus, mon équipe de rédaction/édition s'en est tirée avec brio : Angelika Offenwanger, Robbi Bryant, Heather Belleguelle et Shadi Bleiken. Merci à toutes ! Mention spéciale à Heather qui m'a aidée à arriver au bout de ce texte et à en faire quelque chose de publiable. Certaines livres s'écrivent tout seuls. Ça n'a pas été le cas de celui-ci !
J'aimerais rendre hommage à la mère de Heather, Daphne Finch, lectrice de la première heure et grande fan des *Enquêtes de Ginger Gold,* qui nous a quittés durant l'écriture de ce tome. Elle avait fait sienne l'une des répliques de Ginger et c'est souvent qu'on l'entendait soupirer : « Oh, miséricorde… », ce qui avait le don de m'émouvoir.
Comme toujours, tout mon amour va à ma famille : à mon mari Norm Strauss, et aux enfants, Joel & Shadi, Levi, Jordan et Tasia. Un merci tout particulier et une pensée pleine d'amour pour mes parents, Gene et Lucille Franke.
Merci enfin à mon cercle d'amies : Donna, Shawn, Noreen et Lori. Je vous suis infiniment reconnaissante de me soutenir en actions comme en prières.
Je tire mon chapeau à Lisa Lockwood qui m'a suggéré d'appeler Plumes & Styles la boutique de mode de Ginger, ainsi qu'à Mark et Coreen Biedch qui m'ont fourni le nom roumain d'Andreea Balcescu.
Enfin, mon éternelle gratitude à Jésus qui veille sur ma santé mentale.

UN SQUELETTE DANS LE PLACARD

LEE STRAUSS

Après des années passées en Amérique, Ginger Gold, jeune veuve un peu excentrique, est de retour à Londres pour vendre sa maison d'enfance. Un séjour banal qui se complique quand Boss, son petit chien, découvre le corps momifié d'une femme dans le grenier. Shocking ! Qui est la victime ? Depuis combien de temps est-elle là ? À ses risques et périls, Lady Gold se lance dans une délicate enquête aux côtés de sa dynamique dame de compagnie et du séduisant inspecteur Basil Reed. Les indices semblent tous converger vers une soirée organisée dans la maison dix années plus tôt. Ni une ni deux, pour enfin lever le voile du mystère, Ginger décide d'organiser une nouvelle soirée, en invitant les mêmes convives que dix ans auparavant. Une idée géniale ? Pas sûr, car avant la fin de la soirée, un nouveau meurtre est commis…

Délicieusement *british* : une irrésistible série de cosy mysteries !

LE MANOIR DES MAUVAIS ESPRITS

LEE STRAUSS

Alors qu'elle séjourne à Londres, Lady Ginger Gold est priée de venir toutes affaires cessantes à Bray Manor, la demeure familiale campagnarde. Objets déplacés ou disparus, tableaux décrochés, bruits étranges : il semblerait qu'un fantôme veuille faire tourner sa grand-mère en bourrique ! Évidemment, Ginger, jeune veuve excentrique qui a les pieds sur terre, ne croit pas du tout aux revenants. Sans doute n'est-ce rien d'autre qu'une mauvaise blague d'un domestique ou d'un invité... Mais, lorsqu'un meurtre est commis au cours d'un bal, plus personne ne rit. Est-ce un règlement de comptes déguisé en histoire à dormir debout ? Et quels secrets dissimulent les invités, à priori sans histoires ? Détective amateur, Ginger va devoir faire preuve d'astuce et de courage car elle est bien persuadée d'une chose : le meurtrier n'est pas un mauvais esprit, mais bel et bien un criminel de chair et de sang…

Délicieusement *british* : une irrésistible série de cosy mysteries !

city-editions.com

Achevé d'imprimer en avril 2022
sur les presses de la Nouvelle Imprimerie Laballery
58500 Clamecy
Numéro d'impression : 203512

Imprimé en France

La Nouvelle Imprimerie Laballery est titulaire de la marque Imprim'Vert®